단카短歌로 보는 경성 풍경

단카短歌로 보는 경성 풍경

초판 인쇄 2016년 6월 17일
초판 발행 2016년 6월 24일

편역자 엄인경·김보현
펴낸이 이대현
편 집 권분옥
펴낸곳 도서출판 역락
주 소 서울시 서초구 동광로 46길 6-6 문창빌딩 2층
전 화 02-3409-2060(편집부), 2058(영업부)
팩 스 02-3409-2059
등 록 1999년 4월 19일 제303-2002-000014호
이메일 youkrack@hanmail.net

정 가 12,000원
ISBN 979-11-5686-336-6 03830

이 저서는 2007년 정부(교육과학기술부)의 재원으로 한국연구재단의 지원을 받아
수행된 연구임(NRF-2007-362-A00019).

단카 短歌 로
보는
경성 풍경

엄인경 · 김보현 편역

역락

머리말

 『단카短歌로 보는 경성 풍경』은 경성의 명소 일흔 네 항목을 읊은 재조일본인의 단카 사백여 수를 번역하고 원문과 각 명소의 과거 혹은 현재 사진을 함께 실은 책이다. 단카란 5·7·5·7·7의 다섯 구 서른 한 음절로 이루어진 일본의 전통적 문예 장르를 일컬으며, 여기 수록된 단카들은 일제강점기 한반도에서 간행된 최대의 가집歌集이라 할 수 있는 『조선풍토가집朝鮮風土歌集』에서 선별한 것이다.

 『조선풍토가집』은 실업가이자 당시 '반도가단半島歌壇의 개척자'라 일컬어진 이치야마 모리오市山盛雄가 메이지明治, 다이쇼大正, 쇼와昭和 시대 전반에 걸쳐 조선의 자연과 명승고적에 관한 단카 작품을 수집, 정리하여 1934년 간행한 것이다. 이 가집을 발행한 곳은 1923년 경성에서 창립하고 단카 전문잡지 『진인眞人』을 창간하여 당시 한반도 최대 단카 결사로 자리 잡은 진인사眞人社였다. 『조선풍토가집』은 조선의 풍토, 식물, 동물, 조선의 십삼 도道, 잡편雜篇 등으로 구성되어 오천 수에 육박하는 단카를 싣고 있으므로, 실로 조선 문화와 지역, 풍토 전반을 아우른 가집이라고 할 수 있다. 이 책은 『조선풍토가집』의 경성이 포함된 경기도를 소재로 한 단카들 중에서 현재의 서울에 포함되는 지명을 골라, 각 스팟의 특징을 잘 드러내는 작품을 선별하여 번역하고 해설을 곁들인 것이다.

지금으로부터 대략 백 년 전 지금의 한반도에 살던 재조일본인들이나 조선을 여행한 '내지' 일본인들에게 경성은 어떠한 곳으로 각인되고 표상되었을까? 『조선풍토가집』의 경기도 편에서 경성 자체를 제재로 한 다음의 단카 몇 수를 살펴보자.

각양각색의 여자들과 아이들 지나다니는 거리에 온통 물건 파는 사람 목소리.
いろいろのをんなこどもの行き通ふ町なかにして物賣のこゑ

거리의 위를 전차는 달린다네 그러면서도 바위산을 타넘는 물결은 비쳐 보여.
街上を電車は走る然れども岩山をつたふ水はてりみゆ

해가 저무는 서쪽 산으로부터 기류가 일어 어슴푸레해졌네 경성의 시가지가.
日のしづむ西の山より氣流わきおぼろとなりぬ京城の街

거리의 참새 모습도 그림자도 안 보이누나 이 경성에 찾아온 어마어마한 추위.
町雀の影もかたちも見えずなりしこの京城のものものしき寒さ

바위가 드러난 산, 혹은 미처 겪어본 적이 없는 경성의 추위라는 자연을 배경으로 남녀노소의 사람들과 전차로 붐비는 경성 시가지의 모습이 활사되어 있다. 이처럼 경성을 모티브로 한 단카들은 경성이라는 공간 속의 여러 사물과 배경들을 잔잔하게 읊어 눈앞에 과거 경성 거리의 풍광들을 떠올리게 한다. 단카에는 장소와 그에 얽힌 스토리를 연상시키는 기능을 갖는 우타마쿠라歌枕라는 오래된 약속이 있다. 『단카短歌로 보는 경성 풍경』의 단카들에는 각 소재를 둘러싸고 변화하는 식민 도시 경성 안에서 인간의 냄새가 묻은 다양한 생활상은 물론, 과거의 치열했던 역사를 떠올리게 하는 작품들이 공존하고 있다.

　　서른 한 음절을 기본으로 하는 일본의 대표적 단시형 문예 단카를 통해, 지금부터 약 백 년 전 조선의 풍토와 융화되거나 혹은 접점을 가졌던 가인들 한 사람 한 사람의 호흡과 더불어, 이제 사라져 없거나 혹은 자취가 아직 남아 있는 서울 곳곳의 우타마쿠라로 여행을 떠나보기로 하자. 과거 일본인들이 식민 도시 경성의 모습을 어떻게 일본의 노래로 구현하고자 했는지, 지금 서울에 남은 자취 속에서 그들의 기억과 욕망을 재조명할 수 있을 것이다.

2016년 5월
편역자 엄인경·김보현

차례

일러두기

1. 이 책에서 번역한 단카短歌는 1934년 경성에서 간행된 당시 한반도 최대 규모
   의 가집歌集이었던 『조선풍토가집朝鮮風土歌集』(1935년 재판본)에서 선별한 것
   이며 당시 원문의 한자 표기를 그대로 사용하였다.
2. 모든 주와 해설은 역자들에 의한 것이며 내용을 참조한 서적들은 권말에 목록
   을 수록하였다.
3. 이 책에 사용된 일제강점기 때의 사진은 당시의 잡지, 엽서 등에서 발췌한 것
   이며 현재의 사진은 역자들이 직접 촬영한 것이다.
4. 원문에서 발견된 오식 및 오탈자의 경우는 역자들이 임의로 수정하고 보완하
   였다.
5. 일본 인명, 지명과 같은 고유명사 표기는 교육부 고시에 따른 외래어 표기법에
   준하였다.
6. 단카는 일본 고유의 정형시이므로 음수율을 깬 구어체 신新단카 외에는 가급적
   5・7・5・7・7조調에 맞추어 번역하였다.

경성역京城驛

　현재 서울역사 옆의 복합문화공간으로 1905년부터 남대문역이
라 불리다 1923년부터 1947년까지 경성역이라 일컬어졌다. 일본
인이 설계한 근대적 건물인데 1922년 남만주철도주식회사에서
착공하여 1925년 10월 15일 준공되었다. 서양에서 18세기 이래
유행한 절충주의 양식으로 건립되어 둥근 지붕과 붉은 벽돌의 이
국적 건물 외관 때문에 건립 당시부터 화제가 되었다. 2004년 지
금의 서울역사 신축으로 구舊 역사는 폐쇄되었고, 2011년 복원이
완료되어 사적번호를 살려 복합문화공간인 '문화역 서울 284'가
되었다.

부산행 역의 승강장에는 배웅 나온 사람들 몹시도 많아 마음 가라앉지 않는다.

釜山行の驛の步廊には見送りの人あまたゐて心おちつかず

* 菅野萬治

경성역 앞의 광장에 우두커니 지쳐 서 있는 지금 나는 눈물도 떨어지지 않누나.

京城の驛の廣場に立ち疲れいまは涙もおちざるわれは

* 御園紫雲

차분히 말을 나눌 사이도 없이 비 내리는 밤 역사에서 그대와 이렇게 헤어지네.

おちつきて言葉を交す暇もなく雨夜の驛に君と別るる

* 鶴靑茉

12

남대문南大門

    대한민국 국보1호 숭례문은 한양 도성의 남쪽 문으로 한양 성
곽과 함께 1396년에 만들어졌으며 일제강점기 때 사대문 가운데
남쪽에 있어 남대문이라고도 불렸다. 현재 서울에 남아 있는 목
조 건물 중 가장 오래된 것으로 2008년 화재로 피해를 입었으나
복구되어 현재에 이르고 있다. 담쟁이덩굴로 뒤덮여 예부터 도성
의 정문이자 상징 건축물로서의 역할을 해온 남대문은 단카 속에
서도 그 존재감과 역사성이 느껴지지만, 많은 사람들이 오가는
곳이라 취객이나 노상방뇨로 인한 폐해도 있었던 듯하다.

늦은 한밤중 남대문의 아랫길 술에 취한 자 발소리 울려
퍼진 것도 적적하구나.

眞夜中の南大門の下みちに醉へる足音ひびくも寂し

* 永田龍雄

가을 깊어진 한밤중의 성문을 빠져나와서 대문의 한 구
석에 소변을 보고 있네.

秋ふけし眞夜の城門をくぐり拔け大扉の隅に尿をするはも

* 同

성문에 쌓은 돌들을 타고 자란 덩굴의 잎이 푸릇푸릇하
게도 널리 퍼지고 있다.

城門の石積に這ふ蔦の葉は靑々としてはびこりてをり

* 丘草之助

이 오래 지난 대문의 벽을 타고 자라는 덩굴 퍼져 나가려
는가 한국의 도읍지를.

この古き大門の壁に這ふ蔦のわかれもゆくか韓の京を

* 川田順

봄은 가까워 낡고 검게 그을린 거리의 하늘 남대문의 커
다란 지붕이 보이노라.

春近みすすけてくろき街空に南大門の大き屋根みゆ

* 道久良

남대문에는 담쟁이 어린잎에 살랑인 바람 아침에 선선하
게 전차에서 보았다.

南大門の蔦の若葉にさわぐ風朝すがしく電車より見つ

* 大井街人

14

동경을 하는 마음에 이끌려 온 경성은 좋다 올려다 본 남
대문 얽힌 담쟁이덩굴.

あこがれて來し京城はよし仰ぎみる南大門にからむ靑蔦

• 佐々木ちゑり

마치 옛날의 이조시대의 문화 이야기하듯 남대문은 드높
게 가을하늘에 섰네.

いにしへの季朝の文化かたるごと南大門はたかし秋空に

• 宮崎利夫

두 번 다시는 볼 일도 없으리라 남대문 오늘 여행을 떠나
면서 하염없이 보누나.

再びはみつこともなけむ南大門旅ゆくけふをしみじみとみつ

• 吉田啓三

담쟁이덩굴 아래로 타고 내려 자란 남대문 커다란 양쪽
문의 철은 녹이 슬었군.

蔦かづら這ひ下りゐて南大門の大き扉の鐵さびにけり

• 高橋珠江

거리 가운데 홀로 남겨진 성문에 가을 찾아와 담쟁이덩
굴에도 단풍물이 들었다.

街中に取りのこされし城門に秋めぐり來て蔦もみぢせり

• 野村いく也

발걸음 소리 무겁게 울리기에 뒤돌아보니 석문 안쪽을
내가 걷고 있는 거였네.

足音のおもくひびくと見返れば石門の中をわがあゆみゐつ

• 市山盛雄

거리 등불에 담쟁이 잎 떠오른 남대문 앞을 속닥이며 지
나는 사람도 있었노라.

街の灯に蔦の葉うかぶ南大門ささやき通る人もありけり

• 大內規夫

빌딩들 이어 서 있는 가운데에 남대문이 옛 나라 모습 간
직해 둔 것도 애잔하다.

ビルヂングたち並ぶ中に南大門ふるきくにぶりを殘すもあはれ

• 寺田光春

서울, 서울 초겨울 비에 젖어 검푸르게 서 있는 남대문에
는 밤의 담쟁이덩굴.

京、京しぐれにぬれて黝み立つ南大門の夜の蔦かづら

• 富田碎花

경성 제2고등여학교京城第二高等女學校

    일제강점기 조선의 구제舊制 고등여학교로 1922년 설립인가를 받아 경성 제2공립고등여학교로 당시 갈월리(지금의 용산구 후암동)에 개교한 일본인 학교이다. 일제강점기 때 갈월리는 오카자키초岡崎町와 미사카도리三坂通라는 일본식 지명이 붙여졌다. 칡이 많은 데에서 유래했다거나 갈월도사가 살았다고 하는 데에서 유래한 지명이라는 설도 통용되었는데, 단카 속에서도 갈월이라는 단어가 눈에 띈다. 해방 후, 1946년 수도여자중학교로 개칭되었다.

갈월의 뜻이 드높이 솟아올라 반짝이거든 어린 소녀들 모습 빛이 되어주려마.

葛月の志けだかく熙けば少女子のすがた光となれよ

• 百瀬千尋

늘 젊은 용모 자태 빛나는구나 갈월 이곳의 언제 언제까지고 옥과 같은 소녀들.

つね嫩き容匂ふは葛月のいついつまでも玉の少女子

• 同

아름다운 해 빛나는 오월 하늘 어린 소녀들 무리의 아름다운 율동체조의 모습.

眞日にほふ五月の照や少女子のむれ姚しき律動體操

• 同

18

조선신궁朝鮮神宮

　일제강점기 남산의 서쪽 기슭 일대에 세워진 신사神社로 1920년에 기공식을 열고 1925년 조선신사에서 조선신궁으로 명칭을 바꾸어 완공하였다. 조선신궁의 주제신은 일본 건국 신인 아마테라스오미카미天照大神와 메이지 천황明治天皇이었고, 조선인들도 참배를 강요당했다. 광복이 되자 일본인들은 조선신궁을 그들의 손으로 폐쇄, 철거하였으며 현재 조선신궁 자리에는 남산공원과 안중근의사기념관이 자리하고 있다.

올려다보니 돌계단 올라가는 사람 많도다 몇 명쯤 추월
하여 오르다 지쳐버려.

見上ぐれば石段のぼる人多し幾人か追ひこし登りつかれぬ

• 井上紫陽

봄비가 내려 희뿌옇게 보이는 아주 높다란 신궁의 돌계
단에 밝혀지는 신등神燈들.

春雨にけぶらひてみゆいやたかき宮のきざはしにともるみあかし

• 紫垣不二子

조선신궁에 비 내림을 청하는 기도 올렸던 저녁 쏟아 붓
는 듯 비가 몹시 내렸다.

朝鮮神宮に雨乞ふ祈あげられし夕沛然と雨ふり來る

• 今紺靜知

조선신궁의 경내에는 높은 산 위에서 경성 시가지 전체
모습 시야 안에 들어와.

朝鮮神宮の境内たかき山の上街の全貌視野の中なり

• 寺田光春

불어 오르는 바람에 숨어들어 저녁 시가지 소음이 들려
온다 여기 산속에까지.

吹きあぐる風にこもりて夕街の騷音きこゆ山のここまで

• 同

여기 신사로 참예하러 와 보니 저녁 산 비죽 베어진 끝에
옅은 달이 걸려 있구나.

み社に詣づと來れば夕山のそぎへに淡き月のかかれり

• 市山盛雄

20

멀리 한국에 자리를 옮기시어 제례를 받는 존귀한 혼령
이라 받들어 절을 하네.

韓國に遠く遷して祭りける尊き御靈とをろがみにけり

● 渡名喜守松

큰 도리이鳥居*의 안에 가득 보이는 남산 봄 햇살 깊숙이
비치지만 아직 남아 있는 눈.

大鳥居の中に見えわたる南山は春日ふかぶかとさしながら雪

● 三井鶴吉

---

* 신사의 입구를 나타내는 지붕을 가진 큰 기둥.

남대문통南大門通

　　남대문통은 남대문이 이 대로의 가운데에 위치하고 있는 데에
서 유래하였으며, 오늘날 남대문로를 가리킨다. 1914년 4월 1일
도로명을 남대문통으로 정하였고 해방 후 1946년 10월 1일 일본
식 동명정리 사업에 따라 남대문로로 개칭되었다. 남대문을 중심
으로 뻗은 남대문로는 오늘날까지 서울 내부의 주요 간선도로 역
할을 하며 남대문 주변으로 번화한 분위기를 유지하고 있다.

　　성문에 켜진 등불 빛이 옅구나 가을 깊어져 쉽사리 떨어
질 잎 우짖는 가로수 길.

　　城門にともる灯淡し秋づきてちりやすき葉の鳴れる並樹木路
　　　　　　　　　　　　　　　　　　　　　　● 大内規夫

이 거리에는 장사가 번성하는 가게 처마의 커다란 대야 속에 붕어가 살아 있다.

この街や商しげき軒下の大き盥に鮒は生けたり

● 同

한국 아가씨 항간을 다니면서 펄럭거리는 치마 쌀쌀한 봄 밤 하얗게 보이더라.

韓の娘がちまたを行きて翻へす裳春の夜寒に白く見えける

● 臼井大翼

조선은행 朝鮮銀行

우리나라 최초의 중앙발권은행인 구舊 한국은행은 1909년 10월에 설립되었다. 1911년 8월 15일 일본이 '조선은행법'을 공표하면서 명칭을 조선은행으로 개칭하였고 조선총독부의 산하에 놓이게 되었다. 광복이 된 이후 1950년 한국은행법에 의해 조선은행을 인수하여 대한민국 중앙은행인 한국은행이 새로 세워졌다.

돌로 지어진 하얗게 말라 있는 은행 건물의 그늘진 조용
한 곳 아래로 와 보았네.
石造しろくかわける建物のかげしづかなる下に來りぬ
* 末田晃

사통팔달의 항간 요란하게도 저녁이 되어 하늘 가운데 둥근 달이 나와 있구나.

八衢はざわめきながらたそがれて中空に圓き月出でてをり

• 荻生露

하세가와마치長谷川町

소공동은 러일전쟁 때 조선군사령관이었던 하세가와 요시미치 長谷川好道(1850~1924년)가 거주했다 하여 일제강점기에 하세가와마 치長谷川町라 불리었다. 그는 러일전쟁의 수훈으로 자작의 지위를 받았으며 1916년 조선 총독에 취임, 무단정치의 주역이었다는 비 판을 받았다. 1946년 일본식 동명을 우리 동명으로 바꿀 때 소공 동으로 개칭하여 오늘날에 이른다.

나도 모르게 마음 차분히 걷는 포장도로의 가로수 그늘 에는 가을바람 불었네.

おのづからこころしづかに歩みゆく鋪道樹かげや秋風ふきつ

◦ 末田晃

가로수들의 가지 치고 있구나 이 동틀 녘에 하세가와마
치로 봄은 이렇게 왔네.

街路樹の枝つみてをりこの朝け長谷川町に春は來にけり

　　　　　　　　　　　　　　　　　　　　　• 中村兩造

조선호텔朝鮮ホテル

1914년 현 서울특별시 중구 소공동에 건립된 조선호텔은 조선 총독부 철도국에서 조선 국왕이 제례를 행하던 환구단圜丘壇(원구단 이라고도 함)의 일부를 헐고 지은 것으로, 조선호텔 단카 첫 구는 이러한 설립 배경을 그대로 옮겨 읊고 있다. 조선호텔은 지어질 때 철도호텔이라 불리었으며 환구단의 황궁우와 석고, 석조 대문이 호텔 내에 남아 있다. 당초 독일 건축가가 설계를 맡았으며 광복 이후 운영권이 일본인에서 조선인으로 넘어오게 되어 현재 신세계 조선호텔에 이르렀다.

세상이 변해 호텔이 되었구나 대한제국의 황제가 천신지기* 제를 올리던 곳이.

世はうつりホテルとなりぬ韓皇帝天神地祇をまつれるところ

• 名越湖風

처마 휘어진 팔각당이로구나 옥상 위에서 괴수가 사는 듯한 별빛 가득한 봄 밤.

のきそれる八角堂や屋上の怪獣くらし春の夜の星

• 同

밤의 어둠에 백목련 꽃이 피어 하이얗구나 한국 땅의 특유한 흙담장 그 위에서.

宵闇に白木蓮の花しろしからくにぶりの土墙の上に

• 河野優子

따끈따끈한 방 안으로 들어가 더 분명하게 피로감을 느끼는 것일지도 모르지.

温かき部屋ぬちに入りてしるけくも疲れをることを覺えけるかも

• 淺野梨鄕

아침 바람에 빛나며 기울어진 파란 담쟁이 돌울타리 흔들며 한 면 가득 녹색잎.

朝風に光りかたぶく青蔦は石垣をゆりて一面のみどり葉

• 百瀬千尋

---

2) 하늘의 신인 천신과 땅의 신인 지기를 함께 이르는 말.

조용히 사람 기다리는 무언가 즐거운 심정 원숭이는 울
었네 소나무 저편에서.

ひとを待つ何か樂しき靜こころましらは啼けり松のかなたに

• 同

분수에 튀는 물방울 바람결에 날려 오면서 다시 한 번 휘
어져 흘러나오는구나.

噴水のしぶきは風に吹かれつつまたひと靡き流されにけり

• 同

겨울비 오고 깜박이는 전등을 춥게 느끼어 조선호텔의
지붕 아래에서 보았다.

しぐるるやまばたき寒き灯を朝鮮ホテルの屋根裏にみつ

• 富田碎花

정관각靜觀閣

정관각에 관한 자료는 찾기가 어려운데, 1926년 10월 14일『동아일보』의 기사「서전황자어동정瑞典皇子御動靜」에서 당시 경주를 찾아와 신라고분 유물들을 발굴 중이었던 스웨덴 황태자 구스타프 아돌프 6세(Gustaf VI Adolf, 1882~1973)가 '조선호텔 정관각에서 조선요리를 잡수실 때에는 조선 옷을 입으시더라'는 기록이 남아 있어 조선호텔 내에 위치했던 요릿집으로 추정할 수 있다.

햇볕 내리쬐 더운 시내로 왔네 안쪽 마당의 석류꽃을 보노니 위로가 되는구나.
照り暑きちまた來りつ內庭の柘榴の花を見れば慰む

　　　　　　　　　　　　　　　　　　• 百瀬千尋

가리개 쓰고 행동거지 조신한 어린 소녀의 옥 같은 살갗
비친 능사로 된 저고리.

かしづきてたちゐしづけき少女子の玉肌透くや紗綾の上衣[チョゴリ]

* 同

잔디밭 위에 햇볕 비쳐 따스한 안쪽 마당은 어젯저녁 시
원한 바람에 파래졌네.

芝草に日の照り和む內庭はゆふべすずしく風靑むなり

* 同

32

지요다 그릴千代田グリル

    일제강점기 3대 임대 빌딩 중 하나였던 지요다 빌딩은 1932년 남대문로에 건립되었으며 당시의 주소로는 경성부 남대문통 2초메二町目에 위치하였다. 지요다 그릴은 이 지요다 빌딩 내 있었던 양식 전문 음식점으로 『조선 및 만주朝鮮及滿州』 제319호(1934.6)에는 지요다 그릴을 '지요다 빌딩 지하에 경성에서는 찾아보기 힘든 그릴이 문을 열어 도시인들의 울트라 모던 신경을 자극하고 계몽해 왔다'라고 소개하고 있다. 지상에 특별실이 있고 수용 가능 인원이 백 명 정도였으며 경성 속 모던한 연회의 공간이었음을 알 수 있다.

아무렇지도 않게 올려본 곳에 유리의 천정 지상으로 햇빛을 통과시켜 보내네.

何げなく見上げしところ瑠璃天井地上の光さしとほりたり

● 高橋珠江

보고 있으니 유리 천정에 빛이 들다 그늘이 졌다 하네 사람들 왕래 신발 아래로.

見て居れば瑠璃天井は照り翳る人の往來の靴の下なる

● 同

지요다 그릴 식당에 늦은 밤은 손님도 없고 리놀륨* 바닥 넓어 댄스를 떠올린다.

千代田グリルの食堂に宵は客なくてリノリユーム廣くダンス想ひをり

● 百瀬百代

---

* 건성유에 수지, 고무, 코르크 가루 등을 섞어 천에 바른 것. 마루, 깔개 등에 씀.

오곤마치 통黃金町通

    현 중구 을지로의 일제강점기 때 명칭으로 1914년 행정구역 이름을 오곤마치라 칭하고, 1927년에 여기 대로를 오곤마치 통이라 하였다. 오곤마치 1초메에서 오곤마치 7초메로 나누어져 있었으며, 광복 후 1946년, 이 구획은 을지로1가에서 을지로7가로 개칭되었다.

    흙먼지들이 하루 종일 일어서 부옇게 탁한 이 거리의 하늘 위 달은 빛나지 않네.
  土埃ひと日舞ひあがり濁りたるこの街空の月は光らず
● 大內規夫

혼마치 통本町通

1914년 중구 충무로 일대에 붙여진 길의 이름으로 당시 혼마치는 1초메에서 5초메까지 있었다. 혼마치는 '경성의 긴자'로 불리며 대형 백화점과 모던한 건축물, 카페 등의 유흥공간을 중심으로 경성 최고의 소비 지역과 번화가를 이루었다. 광복 후 충무공 이순신의 시호를 따 충무로로 개칭되었다.

늦은 밤 시간 메밀가게 들어가 송이버섯의 냄새를 즐기면서 먹으니 맛있구나.

夜をおそくそばやに入りて松茸の匂ひよろしみ食めばうましも
　　　　　　　　　　　　　　　　　　　　• 市山盛雄

옆 테이블에 부부인 모양인데 조용조용히 무언가 먹고
있는 깊은 밤 메밀가게.

隣の卓に夫婦ものらしひつそりと何か食べをる夜更のそば屋

• 市山盛雄

밤을 갑자기 밝아지게 만드는 세밑을 맞아 여기 대로로
오니 아이가 좋아한다.

夜をとみに明るさませし歳末の通に來り子はよろこべり

• 百瀬千尋

초저녁이 된 혼마치 대로 왔다 돌아가면서 쓸쓸하게 여
기는 내 주머니 속의 손.

淺宵の本町通往き還りさびしともおもふわがふところ手

• 寺田光春

미나카이三中井

1930년대 일본인 거주 지역이었던 경성 남촌南村의 4대 백화점으로는 미쓰코시三越, 조지야丁子屋, 미나카이三中井, 히라타平田를 꼽을 수 있다. 그 중 미나카이 백화점은 구 원호청 자리인 충무로 1가 45번지에 위치하였으며 1932년에 현대식 대형점을 신축하여 이국적인 풍경을 자아내었다.

미나카이의 삼층 매장에 나의 아이 데리고 오십 전짜리
균일 상품 골라 본다네.

三中井の三階賣場に吾兒率ゐて五十錢均一の品定めゐつ

● 武田淚果

38

미나카이의 신관 옥상 위에서 혼마치 점포 지저분한 집
들의 안쪽 들여다본다.

三中井の新館屋上ゆ本町の店舗きたなき家裏をのぞく

● 寺田光春

미쓰코시三越

  일본 최초의 백화점인 미쓰코시가 조선에 건너와서는 1906년 미쓰코시 백화점의 경성 출장소인 미쓰코시 오복점吳服店으로 출발하였다. 1929년 미쓰코시 백화점 경성 지점으로 승격되었다. 이듬해에는 현 회현동 충무로 1가 신세계백화점 본점 자리에 근대식 백화점 건물을 신축해 개점하였다. 미쓰코시 경성점은 해방 후 동화백화점으로 상호를 변경, 1963년 삼성이 인수하면서 오늘날의 신세계백화점으로 이어졌다.

매연 때문에 탁하게 흐린 하늘 저녁노을을 가로질러 서
있는 신축된 미쓰코시.

煤煙に濁れる空の夕燒をさへぎりたてる新築三越

● 瀧本晃輔

별이 빛나는 아름다운 밤 경성 미쓰코시의 옥상에는 가
을의 화초들과 물소리.

星美しき夜の京城三越の屋上には秋の草花と水音

● 平山斌

조지야丁字屋

　조지야 또한 일본계 백화점으로 남대문로2가 123에 1921년 4월 문을 열었으며, 앞서 본 미쓰코시, 미나카이와 더불어 경성의 3대 백화점으로 꼽혔다. 현재 서울 소공동 롯데백화점 영플라자 자리에 있던 미도파 백화점의 전신이기도 하며, 미나카이 백화점과 함께 양복전문점으로 유명하였다.

　소개소에서 오늘도 허무하게 나온 두 다리 조지야 옥상
　으로 와서 쉬게 한다네.
　紹介所今日もむなしく出し足の丁子屋の屋上に來ていこふなり
　　　　　　　　　　　　　　　　　　　　　　● 木村禾一

조지야 매장 몇 번 보아 낯익은 여인의 얼굴 오늘도 귀엽
구나 보고 지나쳐간다.

丁子屋の賣場に見なれし女の顔けふもいとしとみてすぎにけり

• 西條健

프랑스 교회ふらんす敎會

　프랑스 교회는 현 명동성당으로 불란서 교회로도 불리었다. 『조선의 도시 : 경성, 인천』(六陸情報社, 1930)에 '메이지초明治町의 높은 지대에 높게 솟아 있는 것이 프랑스 교회이다. 교회에 올라서 보면 이 대경성이 눈 아래에 보인다'고 소개하고 있다. 프랑스 교회는 1897년에 완공되었으며 교회의 주교는 1877년 조선에 포교라는 사명을 가지고 단신으로 조선으로 건너 온 프랑스 선교사 귀스타브 샤를 마리 뮈텔(Gustav Charles Marie Mütel, 1854~1933)이었다.

예수 그리스도 현신하신 모습이 여기 계시네 라일락 꽃 하얗게 흔들리면서 보여.

イエスクリスト現身の世に在しますリラの花白し搖れつつぞみゆ

● 大内規夫

프랑스 교회 종소리 울린다고 누워 뒹굴며 들으니 시원하네 해 늦게 지는 저녁.

ふらんす教會の鐘がなるよと寝轉びてきくがすがしも昏れ遅き夕を

● 同

거리에 낮게 가라앉은 연무보다 높이 있어서 프랑스 교회 탑은 저물지도 않누나.

街低くしづもる靄ゆたかく居てふらんす教會の塔はくれずも

● 寺田光春

45

와카쿠사마치 통若草町大通

현 서울특별시 중구의 초동의 일제강점기 명칭으로 1914년 경성부 구역 획정에 따라 궁기동, 초동, 이동 등의 일부가 통합되어 일본식 지명인 와카쿠사마치若草町가 되었으며, 1943년 6월 일제식 동명을 고칠 때 중구 와카쿠사초若草町로 광복 후 일본식 동명을 바꿀 때 중구 초동으로 개칭되었다.

조금 불 켜진 와카쿠사 대로에 해가 졌는데 아직 아이들이 공 던지며 노누나.

薄明る若草通日の沒りてなほ子供らのまりなげあそぶ

　　　　　　　　　　　　　　　　　　　　　• 大內規夫

46

남산南山

　한양이 조선의 도읍으로 정해지면서 도성 남쪽에 위치하는 산이라 남산이라고 불렸으나 본래 이름은 목멱산木覓山이다. 예나 지금이나 남산을 주변으로 다양한 명소가 자리하고 있는데 일제강점기 때는 남산 중턱에 왜성대공원, 경성신사京城神社, 조선신궁朝鮮神宮 등 일제의 식민통치 산물들로 얼룩지기도 하였다. 또한 남산 아래 남촌南村 일대에는 일본인 마을이 발달하여 남산을 중심으로 많은 일본인들이 거주하였다.

바람은 차고 하늘은 흐려 있어 남산 소나무 그림자 흐릿하게 날은 저무는구나.

風さむく空はくもりて南山の松かげあはく日はしづむなり

• 名越湖風

남산 오르는 팔일 마침 달님은 나와 있는데 연무가 깊이 끼어 부옇게 보이누나.

南山をのぼる八日の月ありてけぶれるほどは靄ふかきなり

• 君島夜詩

아침저녁으로 보면서 이야기한 남산 위의 저 소나무 영원하리 나는 서글프지만.

朝な夕なみつつかたりし南山の松とこよなり吾しかなしも

• 和田一朗

남산 산록에 이어져 있는 집들 지붕의 각도 제각기 다른 것이 분명하게 보인다.

南山のふもとにつづく家々の屋根の角度の異るがみゆ

• 佐藤信之

가을이 된다 사람들 말하지만 남산은 아직 단풍도 안 보이고 소나무 그저 파래.

秋立つと人はいへども南山はもみぢもみせず松ただ青き

• 小島路草

우뚝 서 있는 남산의 봉우리에 내가 서 보니 커다란 경성 도읍 눈 바로 아래 있네.

そそりたつ南山の峯にわがたてば大き都の眼の下にあり

• 藤永星花

48

저물어 가는 대도시 경성에서 소음이 나의 귓가에 울리
누나 마치 꿈을 꾸듯이.

くれてゆく大京城の騷音が耳朶にひびきをり夢のごとくに

● 市山盛雄

저녁의 연무 안에서 벗어 나온 까치는 이곳 남산을 향하
여서 표표히 날아온다.

夕靄の中より出でて鵲はこの山に向つてひようひようと飛び來

● 同

저녁 남산의 어둠 물들이면서 저 소나무에 까치가 무리
짓고 또 흩어져 날아가.

夕山のくらみそめつつ向つ松に鵲がむれてまたとび散れり

● 同

차분히 앉아 물끄러미 바라본 남산 산자락 붉은 지붕들
수가 더욱 늘어났구나.

おちつきてしみじみ對ふ南山の麓邊は赤き屋根ふえにけり

● 百瀬千尋

멀리 바라본 남산 경사진 면의 완만한 선은 마치 남쪽을
향해 흘러드는 듯하다.

見はるかす山の傾斜なだらかな線は南にながれゐにけり

● 岡本璃輝治

오래간만에 산길을 걷노라니 단풍이 드는 온갖 잎 떨어
지네 내 어깨의 위에도.

ひさびさに山路たどればもみぢせる諸葉散りけり吾肩の上に

● 詫摩純子

한낮임에도 전혀 상관도 없이 올빼미는 산 속 깊은 곳에
서 울고 있을지 몰라.

眞晝間にかかはりはなく梟は山の深きに鳴きゐたるかも

• 三井鶴吉

남산신사南山神社

　1898년 10월 3일 남산 왜성대倭城臺에 남산대신궁南山大神宮이 건립되었으며, 1925년 5월 22일 조선신궁이 건립되면서 남산신사는 경성신사로 개칭되었다. 광복 후 해체되었으며 신사가 철거된 자리에는 현재 숭의여자대학교가 들어섰다. 조선에 자리한 신사에서 제비를 뽑아 점을 쳐보는 단카 내용에 식민지에서 자신들의 종교와 문화를 즐기던 재조일본인의 모습이 생생하게 남아 있다.

　올라가려고 올려다 본 신궁의 돌로 된 계단 마치 급류와 같이 하늘에 걸린다네.

のぼらむと仰ぐ神宮の石の階段たきつせなして空にかかれり

　　　　　　　　　　　　　　　　　　　• 中島哀浪

신 앞에 놓인 제비뽑기 상자를 흔드는 소리 바짝 마른하늘에 맑게 울려 퍼지네.

おん神のみみくじ箱をふる音がかわける空にすみひびくなり

• 市山盛雄

제비뽑기에 길吉이 나왔다면서 나의 아내는 얼굴에 웃음 띠고 기뻐하며 다가와.

みみくじに吉が出でしよと吾妹子は顔をくづして喜び寄れる

• 同

새해 첫 참배 신에게 하는 손뼉 인사 소리가 아직 추운 새벽녘 어둠에 울리누나.

初詣わが柏手の音さむくまだあかときの闇にひびくも

• 松永ただし

약수대藥水臺

　지금의 종로구 가회동 취운정翠雲亭 아래에 있던 약수대를 가리킨다. 취운정은 1870년대 중반 조선 후기의 정치가 민태호閔台鎬(1834~1884)가 지은 정자로 일제강점기에는 독립 운동가들의 회합 장소로도 이용되었다. 이 취운정은 주변 경관이 좋고 특히 이 지역의 약수는 화동의 복주우물, 삼청동 꼭대기의 성주우물, 냉정약수와 함께 서울의 사대四大 물맛으로 유명하였다. 현재 정자의 모습은 사라지고 삼청동 감사원 뒤편에 취운정 터만이 남아 있다.

산 속 깊이로 우리들 와 있는데 나무 틈으로 물건 파는
조선의 아이들 나와 사라 해.

山深く我ら來つるに木の蔭ゆ物賣る鮮童らの來てしひるなり

● 市山盛雄

후둑 후두둑 떨어지는 물방울 잎새로 받아 마음이 끌리
누나 산 속 아주 맑은 물.

たらたらとこぼるる雫葉にうけてともしくもあるか山の眞清水

● 同

끌어안고 와 깔고 자게 되는 야외 돗자리 약수대의 널찍
한 바위 위에 펼친다.

かかへきて敷くは外寢の筵かも藥水臺の巖のひろらに

● 山本正男

약수 가까이 앉아서 잠시 쉬고 있노라니 한동안은 더위
를 잊고 있게 된다네.

藥水のほとりにありてやすらへばしばし暑さを忘れてゐたり

● 志方言川

왜성대倭城臺

　지금의 서울특별시 중구 예장동과 회현동 1가의 남산 북쪽 일
대로, 임진왜란 때 일본군의 주둔지였던 것에서 마을 이름이 유
래되었다. 한자로는 왜장대倭將臺라고 쓴 경우가 많이 있으며,
1885년 일본인의 거류가 허용되자 왜성대 부근에는 일본인 거류
지가 형성되었다. 대한제국 때에는 일본 공사관이 있었고 1907년
을사조약이 체결된 이후에는 르네상스 양식의 2층 목조 건물인
통감부 청사가 위치하였다. 1910년 한일병합 이후에는 통감부 청
사가 조선총독부 청사로 사용되어 일제강점기 초기의 일제 지배
의 상징적인 공간이었다.

왜성대에는 오래된 관사 있어 담장을 따라 아카시아의
꽃이 펴서 희게 보이네.

倭城臺古き官舍の塀つづきあかしやの花は咲き白みたり

• 高橋珠江

벚꽃의 만개 극에 달한 무렵에 벚꽃 시냇물 아래 비치는
길이 오늘밤 밝기도 해.

さくらばな極りさけば櫻谿下照るみちの今宵あかるき

• 百瀨千尋

골목길 틈새 피어 있는 벚꽃 속 등불 하나만 의지해 걷노
라니 왠지 마음 쓸쓸해.

はざまみちにほふ櫻の花明りひとりし步くはうらさみしけれ

• 同

관저 동네에 진눈깨비 내리는 밤은 추운데 바깥의 불빛
에서 까치 울며 앉았네.

官邸町みぞれする夜はひえひえて外の明りにカチ鳴きたつも

• 大內規夫

56

노인정老人亭

　현재 대한극장 남쪽에서 남산 기슭으로 오르면 느티나무 고목이 있는 한옥집이 있는데 이곳에 있던 노인정을 가리킨다. 민영준의 별장이었으며 현재 정자는 흔적도 없고 서쪽 바위벽에 '조씨노기趙氏老基'라는 글자만 크게 새겨져 있다. 이곳에서는 청일전쟁이 일어나기 두 달 전 일본의 강요로 7월 10일부터 7월 15일까지 세 차례에 걸쳐 조선대표 신정희申正熙와 일본의 오오토리 게이스케大鳥圭介 공사 간에 회담이 진행되었는데 이를 '노인정 회담'이라 한다. 일본이 조선의 내정 개혁을 요구한 회담이며 이후 청일전쟁을 일으켰다. 아래 단카에서도 '일한의 담판日韓の談判'이라는 부분에서 이곳 노인정이 가진 역사적 배경을 유추해 볼 수 있다.

이 노인정에 아내와 쉬고 있네 바닥 아래로 잔물결 흘러 가는 소리 들어가면서.

この亭に妻と憩へり床下にせせらぐ水の音をききつつ

• 丘草之助

서성이면서 듣고 있노라니까 희미한 여울 소리는 덮여 있는 눈의 아래에서 나.

佇みてききつつあればかそかなる瀬の音はとざせる雪の下より

• 谷川朝彦

일본과 한국 담판을 지은 자리 나중이 되어 여름풀 무성 하게 노인정 되었구나.

日韓の談判なせしあとどころ夏草ふかく亭あれにけり

• 名越湖風

내려다보면 이 계천이 향하는 끝이 나무들 사이로 들어 가서 소리는 멀어지고.

見下せばこの溪川の水のさき木かくれ入りて音はろかなり

• 高橋珠江

닭의장풀이 무리지어 피어 있는 벼랑의 끝에 서 있는 노 인정의 처마 기울어졌네.

露草のかたまり咲ける崖ぶちにたちたる亭の檐かたむけり

• 同

58

조계사曹谿寺

현 종로구 견지동에 있는 사찰로, 1910년 조선불교의 자주화와 민족자존 회복을 염원하는 스님들에 의해 각황사란 이름으로 창건되었다. 당시 각황사는 일제하 최초의 포교당이었으며 사대문 안에 최초로 자리 잡은 사찰이었고, 황건문皇建門은 고종이 평양에 이궁으로 세운 풍경궁豊慶宮의 정문이었던 황건문을 경성 조계사로 옮겨 일주문一柱門으로 하였던 것이다. 1937년 각황사覺皇寺를 현재의 조계사로 옮기는 공사를 시작하였고 이듬해 삼각산에 있던 태고사太古寺를 이전하는 형식을 취하여 절 이름도 태고사로 개칭하였다. 1954년 일제의 잔재를 몰아내는 불교정화운동으로 조계사라 개칭하여 지금에 이르고 있다.

조계사 경내 소나무는 껍질이 다소 젖었고 깃들어 울려
퍼진 근행의 징 소리만.

曹谿寺の松は木肌のややぬれてこもらひひびく勤行の鉦

• 野口泰

조계사 안의 범종을 보고 싶어 와서 봤더니 언덕의 코스
모스 벌써 피어 있구나.

曹谿寺梵鐘を見むと來てみれば坂にこすもすはや咲きてあり

• 立田翠

조계사 안의 널따란 불당으로 해가 비치어 붉은 색 푸른
색이 소나무 틈에 보여.

曹谿寺の大き御堂は日に映えて丹碧の色松の間に見ゆ

• 吉峰翠齊

여름 아침에 황건문의 흙 위에 해를 받으며 누워 잠들어
있는 걸인들이 보이네.

夏の朝皇建門の土の上に日をあびねむるこの乞食はも

• 名越湖風

조계사에서 들리는 종소리가 은은하게도 깃든 소나무 산
에 깊숙이 내가 왔다.

曹谿寺の鐘の音かもいんいんとこもらふ松山ふかくわが來し

• 寺田光春

조계사에서 어두운 언덕길을 다 내려오니 꽃길 화려하게
만든 등불들을 만나네.

曹谿寺の暗き坂道降りくれば花街いろめく灯にあひにけり

• 同

60

동사헌정東四軒町

동사헌정東四軒町은 현재의 장충동1가의 일제강점기 명칭이며, 서사헌정西四軒町은 현 장충동2가를 가리켰다. 1943년 조선총독부령 제163호로 구제도區制度가 실시되면서 중구 관할이 되었으며, 1946년 일본식 동명을 우리 동명으로 바꿀 때 동사헌정이 장충동1가로, 서사헌정이 장충동2가로 개칭되었다.

떨어져 내린 낙엽 날아오르는 이 구덩이에 벽 마르지도 않은 건축 중인 집 건물.

散りしきし落葉まひたつこの窪に壁乾かずも建ちかけの家
● 大內規夫

장충단獎忠壇

　1895년 을미사변으로 명성황후가 살해된 지 5년 뒤 고종이 지금의 영빈관 자리인 남소영南小營에 지은 사당으로 봄과 가을에 제사를 지냈던 초혼단이다. 일본은 1908년 대일감정을 악화시킨다는 이유로 제사를 금지시키고 이 일대에 벚꽃을 심어 '장충단 공원'으로 만들었다. 6 · 25 이후 장충단은 폐허가 되었으며 장충단비만이 남아 있다. 장충단비의 위치는 현 서울특별시 중구 장충동이다.

걸어가는 길 굽은 모퉁이에서 어린 아이는 커다란 달이 떴다 아버지 부르누나.

行く道の曲りかどにて幼兒は大き月よと父をよばふも

• 島田樹良

달이 뜬 밤에 언덕을 내려오는 지게꾼 등에 어렴풋하게 파의 향내가 감돌았네.

月の夜の坂下り來るチゲの背に葱のほのけき香はただよへり

• 眞能露子

길가 가까이 무성한 소나무들 키가 크므로 걷다 보니 곧바로 골짜기가 보인다.

道迫りてしげる松の木高ければ歩くままにして谷みえにけり

• 浦本冠

서리를 맞아 마른 붓꽃 포기들 일렬로 서서 개천의 기슭으로 기울어져 있구나.

霜枯れしあやめの株は一列に溝川の岸に片よりてあり

• 水井れい

박문사博文寺

　박문사는 초대 통감 이토 히로부미伊藤博文를 추념하는 절로 이 토 히로부미의 23주기 기일인 1932년 10월 26일 현재 장충동 신 라호텔 영빈관 자리에 완공되었다. 박문사는 대한민국 건국 후 철거되었고, 박문사 터로 추정되는 자리에는 신라호텔이 세워졌 다. 박문사 단카 속에 등장하는 경춘문慶春門은 본래 경희궁慶喜宮 동쪽에 세워진 흥화문慶喜宮인데, 1932년 장충동 박문사로 옮겨져 정문으로 사용되었다. 원래의 흥화문 터에는 표지석만이 남아 있다.

새로이 지은 누각 문의 그림자 연못에 비쳐 붉은 칠한 처마 끝 휜 모양이 좋구나.

新築の樓門の影池にうつり丹塗の檐の反りのよろしき

• 金子忠誨

장충단 앞의 푸릇푸릇한 풀밭 다리가 약한 아이를 걷게 하니 하루가 저무누나.

獎忠壇の青き草生に足よわき子を歩ませて一日くれけり

• 牟田口利彦

현명하도다 신당의 안쪽으로 진좌鎭坐를 하신 히로부미 공 혼에 합장 배례를 한다.

かしこしやみ堂の奥に鎭もれる博文公のみ魂をろがむ

• 同

박문사 안의 새 나무는 불당을 들여다보고 그의 존귀하심이 몸에 저리듯 스며.

博文寺の新木の御堂さしのぞきその尊さの身にしみるなり

• 牟田口龜代

박문사 사찰 양쪽 여닫이문은 닫혀버리고 겨울 햇빛에 빛난 등나무 문양 징표.

博文寺のみ寺の扉閉されて冬日に光る藤の紋どころ

• 同

소나무 그루 우뚝이 솟아 있는 사찰 대가람 달빛을 단단하게 가둬두고 있구나.

松林そがひに立てる大伽藍月夜をかたく閉されてあり

• 高橋珠江

65

박문사 방향 흔들거리는 층층 돌계단으로 봄 햇살 따스
하니 얘기하며 오른다.

博文寺なぞへゆるらのきざはしに小春日ぬくし語りつつのぼる

• 原雪子

경춘문* 누각 용맹스러운 글자 찬란하게도 햇빛에 빛난
아래 경건히 지나가네.

慶春門ろうたけき文字燦として日に耀へり虔しみくぐる

• 同

살고 죽는 일 대법화 들으면서 불당 안으로 겨울 해 기우
는 걸 느끼지도 못했네.

生死事大法話聞きつつ堂內に冬日かたむくを思はざりけり

• 穗積敏子

희뿌옇게도 흙모래 일어서고 봄이지만은 부는 바람이 추
운 박문사 앞의 대로.

しらじらと砂ほこり立て春ながら吹く風寒き博文寺通

• 久保元秋

절의 바깥문 쌓아올린 벽으로 기어오르는 담쟁이덩굴 잎
이 말라 가지 드러나.

山門の築上の壁に這ひまとふ蔦の葉素枯れて枝ぐみあらは

• 同

---

* 홍화문이라고도 하며 이 문은 궁(宮)의 동남 우(隅)에 위치하여 동향(東向)을 하고
있었으나, 1915년 8월 남쪽으로 이전되면서 본래의 자리에서 이전되었다. 1988년
서울시는 경희궁 복원 계획의 일환으로 홍화문을 지금의 자리로 이전(移轉) 복원
하였으나 현재 그 원 자리의 위치는 찾기 힘들다.

박문사 앞에 자동차가 멈추는 소리 멀구나 안쪽의 흙산
에는 먼지 일으킨 바람.

博文寺自動車とまる晉遠し裏の枯山埃舞ふ風

● 大內規夫

가을의 낮을 절문 앞에 감도는 햇살 길구나 한국식 칠한
가람 높이 빛을 내면서.

秋の晝を寺門にかをる陽の久し韓ぬりの伽藍たかく映えつつ

● 同

아침 이슬이 아직껏 남아 있는 사찰 승방의 마당 모습 보
니 해 그늘이 밝구나.

朝露のいまだのこれる僧坊の庭の片面は日かげあかるし

● 二矢白百合

창경원昌慶苑, 비원秘苑

조선 성종 때에 건축된 창경궁은 1911년 일본에 의해 창경원으로 격하되어 동물원과 식물원이 조성되는 등 수난을 겪었다. 해방 후 1970년대까지 서울의 대표적인 유원지였으나, 1983년 관람 중지와 함께 동물들을 서울대공원으로 옮기고 이름도 창경궁으로 되돌려졌다. 비원은 사적 제122호로 지정된 창덕궁 내의 조선시대 정원으로 후원後苑, 북원北苑, 금원禁苑 등으로도 불린다. 이제는 없어진 창경궁 내 동물원을 구경하던 모습과 비원에서 옛 조선 왕조를 느끼는 감상이 단카 속에 녹아 있다.

이 궁전 단청 칠에 눈부셔하며 올려 볼 때도 걸음 멈추지 않는 나는 나그네라네.

この宮殿の丹ぬりまぶしみ仰ぐまも歩みとどまらずわれは旅人

• 中島哀浪

걸어 들어간 궁전 동산 소나무 깊은 숲속에 자연스럽게 이는 바람 소리 지나네.

歩み入る御苑の松の深林おのづから風の音通ふなり

• 同

한국 임금의 옛날을 보는 듯해 비원 깊은 곳 진달래 꽃 핀 것을 지금 보고 서 있네,

韓の王の昔や看けむ　秘苑ふかくつつじの花を今し見て立つ

• 角田不案

연못 주변의 오래된 건물 벽의 흰 부분으로 무리 진 나무들의 단풍이 비치누나.

池の邊の古りし丹ぬりの亭は大き池の水面にひそけく影をおとせり

• 福田榮一

푸릇푸릇이 담쟁이덩굴 큰 잎 넓어졌기에 여기 돌계단에는 발 디딜 곳도 없네.

青々とつたの大葉のひろごりてこのきざはしは踏むところなし

• 丘草之助

한국의 왕궁 동산 안의 숲 샘물 솟는 연못에 피어 있는 수련의 하얀 꽃을 나 보네.

韓王の御苑の林泉の池に咲けるその睡蓮の白きを我が見つ

• 片山誠

한국의 왕이 음용하셨다 하는 신령한 샘물 넘치는 것 마
시고 숨을 돌리네 나도.

韓の王飲みたまふてふ靈泉のこぼれをのみていきづくわれも

• 市山盛雄

이조 임금님 때때로 여기까지 오셨다 하니 경건한 느낌
들어 연못 근처를 걷네.

李王さまは時をり此處迄來ますと言ふに虔しましもよ池の邊を歩み

• 川田順

영화당 앞에 자라 있는 잔디밭 푸릇푸릇해 햇볕에 반사
되며 젖어 있는 게로군.

暎花堂前の芝生の靑々と日には照りつつぬれてゐるかも

• 掛場すゑ

묵직하게도 겹겹 무성히 자란 나무의 색에 초록에 굶주
렸던 눈이야말로 빛나.

重々と茂りかさなる木の色に綠に餓ゑし目こそかがやけ

• 尾上柴舟

푸른 풀들의 잎 모양을 따라서 부는 바람의 소리마저 적
적한 비원의 한낮 정경.

靑草の葉なりつたへてふく風の音もさびしき秘苑のまひる

• 鶴靑茱

난만하게도 벚나무의 꽃들이 앞 다투어 핀 비원의 안쪽
에는 사람들 흘러넘쳐.

らんまんと櫻の花の咲ききそふ御苑のうちに人あふれたり

• 德野鶴子

70

가랑비 내린 동물원으로 혼자 외로이 와서 새매가 내는
소리 적적히 느끼누나.

小雨ふる動物園にひとり來て鵙のこゑを寂しみにけり

• 丘草之助

동물원 안에 마련이 되어 있는 휴게소 걸린 포렴 새로워
졌고 봄은 이제 갔다네.

動物園にしつらへてある休憩所の暖簾あたらしく春さりにけり

• 石井龍史

다니다 지쳐 벤치에 앉아 쉬니 잎새의 햇살 땅바닥에 흔
드는 정오 지나는 시각.

くたぶれてベンチによれば葉もれ日の地べたにゆらぐ午下りかも

• 市山盛雄

얽히어 있는 담쟁이덩굴의 잎 시들어가니 돌담에 부처님
상 드러나 보인다네.

からみたる蔦の葉しなび石垣に佛の像があらはにみゆる

• 道久良

우리 앞에서 꼼짝 않는 아이와 함께 기다려도 공작새는
좀처럼 날개를 펴지 않아.

檻の前に一途なる子と共に待てど孔雀なかなか羽根をひろげず

• 寺田光春

박물관博物館

　1915년 12월 조선총독부에서 일본에 의한 한국 병합 5주년을 기념하며 경복궁 내 개설한 박물관으로 조선총독부 박물관이라 불리었다. 총독부 박물관은 1915년 10월 31일 조선물산공진회가 폐막하고 개최 기간 동안 사용하였던 미술관을 박물관으로 변경한 데서 그 발단을 찾을 수 있으며, 전시품은 삼한 시대의 발굴물, 신라 시대의 불상, 고려시대의 토기, 불상 등이었다. 광복 이후에는 전시관 등으로 쓰이다 1990년대에 경복궁 복원사업으로 철거되었다. 당시 박물관의 한반도 유물을 관람하며 저마다의 감상에 젖은 단카들이 인상 깊다.

뒹굴고 있는 이 큰 물동이에서 옛 사람들의 손을 보노라
아아 서글픈 손의 자국.

ころがれるこの大甕に古の人の手を見つあはれ手のあと

● 中島哀浪

출토되어서 나온 이 큰 단지들 묻게 된다고 할 때에 옛사
람들 눈물을 흘렸겠지.

堀り出しのこれの大甕葬るとて古人のなみだたれけむ

● 中島哀浪

미륵불상이 띠고 있는 녹슨 색 푸릇해지고 천년 동안의
빛이 비단 옷에 감도네.

彌勒佛うかべる鏽の蒼かるに千年の光さやに匂へり

● 大澤勝

아주 오래전 돌로 만든 보살이 고상하게도 서 계신 모습
보니 존귀하기도 하다.

ふるびたる石の菩薩のけだかくも立ちませるみれば尊きろかも

● 市山盛雄

아주 옛날의 사람들이 조각한 석불상들이 늘어서서 있구
나 지금의 내 눈앞에.

いにしへのひとのきざみし石佛並びたたせりいまのうつつに

● 同

아주 먼 옛날 왕께서 계신 곳의 돌 깔린 바닥 몹시도 패
여 있고 먼지도 쌓여 있네.

いにしへの王者すみにし甃いたくへこみてほこりたまれり

● 同

경복궁景福宮

　서울특별시 종로구 세종로에 있는 조선시대의 정궁正宮으로
1395년 태조 이성계가 창건하였고, 1592년 임진왜란으로 불타 없
어졌다가 고종 때인 1867년 중건되었다. 경복궁 내에는 근정전勤
政殿, 강녕전康寧殿, 교태전交泰殿 등의 정전과 누각 등의 주요 건물
들이 보존되어 있다. 다소 쓸쓸하고 폐허처럼 포착된 단카 속 경
복궁의 모습은 과거의 시간 속에 멈춰 있는 듯하며, 경복궁에서
시해된 명성황후(1851~1895)를 떠올리게 하는 단카도 보인다.

무성히 자란 용마루의 일면에 가득 핀 풀들 속에서 우는 까치 한탄하는 듯하네.

生ひしげる甍いちめんの草のなかに鳴く鵲はなげかふごとし

● 中島哀浪

저녁 해 드는 이 오래된 정원의 깔린 기와들 들쭉날쭉하여서 밟기에 쓸쓸하다.

夕日さすこの古庭の敷瓦でくぼくにして踏むにさびしき

● 川田順

사정전으로 지금 비치어드는 흐린 햇살을 받으면서도 춥네 바람에 노출되어.

思政殿に今しさしくるくもり日を沿みにつつ寒し吹きさらされて

● 淺野梨鄉

근정전 건물 커다란 용마루는 우뚝 솟았고 그 뒤로 육박하는 벌거숭이 바위산.

勤政殿入れば匂ひのしめやかさもののひとつにいにしへ偲ばゆ

● 網代木宏

하급 관리는 문을 닫고 떠났네 허연색으로 마른 돌바닥 위에 내려 앉았네 까치.

殿守は扉をさして去れり白々とわかく石床に下りし鵲

● 植松壽樹

향원정에는 온돌방의 아궁이 드러나 있네 흙 위에 무릎 꿇고 안쪽 들여다본다.

香遠亭溫突の焚口あらはなり土に膝つき覗きては見つ

● 同

일세 풍미한 옛날 그리워하는 여기 이 나라 오래된 그릇
들의 여러 종류를 본다.

ときめきし古しのぶこの國のふるきうつはのくさぐさを見つ

　　　　　　　　　　　　　　　　　　　　• 若山牧水

쥐어짜내진 민족의 핏줄기가 색이 된다면 이 돌로 된 기
둥은 붉은 빛이 되겠지.

絞られし民の血潮の色に出でばこの石柱あかくなりなむ

　　　　　　　　　　　　　　　　　　　　• 尾上梨丹

폐허된 궁전 표면의 좌우에는 몇 년의 세월 앉아 있던 그
대로 향로는 녹슬었네.

廢宮の表左右に幾年をすわりたるまま香爐錆びたり

　　　　　　　　　　　　　　　　　　　　• 高橋豊

근정전에는 천지현황이라는 만자고萬字庫 있어 오래된 활
자들을 많이 소장했구나.

勤政殿の天地玄黃の萬字庫に古りし活字をあまた藏せり

　　　　　　　　　　　　　　　　　　　　• 原口順

자주색 꽃도 붉은 꽃도 향기가 나네 한국의 옥으로 된 받
침대 가을바람이 분다.

紫も朱も匂ひし韓くにの王のうてなに秋の風ふく

　　　　　　　　　　　　　　　　　　　　• 与謝野寛

부평초들이 어지러운 연못은 고요하게도 오래된 탑의 모
습 반사시키고 있네.

浮草の茂れる池はひそやかに古塔のかげをうつしたるかも

　　　　　　　　　　　　　　　　　　　　• 市山盛雄

정원 안 깊이 들어가서 보려고 생각했지만 거친 풀들이
자라 내 어깨 키를 넘네.

園ふかく入りかも見むと思へどもあら草のしげりわが肩を越す

● 植松壽樹

절절한 마음 우러러 보노라니 높은 나무의 꼭대기 쪽으
로만 바람이 모여 있다.

しみじみと仰ぎみすれば高き木のてつぺんにのみ風あつまれり

● 細井魚袋

처마가 썩어 기와로 이은 그늘 뒤집힌 지붕 자라서 늘어
졌네 잡초의 덩굴풀은.

軒朽ちていらかかげたる反り屋根にのびて垂れたり雑草の蔓は

● 片山誠

이 근처에서 민비가 덧없이도 인생 최후를 다한 곳이라
듣고 여름 풀 밟아본다.

このあたり閔妃あへなき最後をば遂げし地と聽き夏草を踏む

● 善生永助

경회루慶會樓

경복궁에 있는 누각으로 1412년 태종 때 본격적으로 조성되었으며, 나라에 경사가 있거나 사신이 왔을 때 연회를 베풀던 곳이다. 근정전勤政殿 서북쪽에 연못을 만들고 그 위에 세운 경회루는 단일 평면으로는 우리나라에서 가장 규모가 큰 누각 건물로 경복궁에서 가장 아름다운 공간으로, 경회루를 보며 옛 사람들의 모습을 상상하고 감상을 읊은 단카가 눈에 들어온다.

항상 여기에 펼쳐지던 연회의 술잔 기울 듯 기울어지는
나라로 여겨지게 된다네.

常ここに張りしうたげの酒杯の傾ける國しおもほゆるかも

● 中島哀浪

78

여기 누각의 계단에 새겨 있는 모란꽃들이 지는 일은 없으리 생각했던 거겠지.

この樓の階段に彫りたる牧丹の花散ることなしと思ひたりけむ

• 同

넓은 연못에 거위 무리 노니는 고요함 속에 서글프기도 하네 여기 궁궐의 흔적.

廣池に鵝の群れおよぐ閑けさもあはれなるかなここの宮闕の跡

• 同

이 궁전 건물 돌로 만든 두터운 기둥과 바닥 뒤쪽에는 거뭇한 헐벗은 바위의 산.

この殿の石の太柱石の床うしろに黝むはだか岩山

• 川田順

나란하게 선 두터운 기둥들은 희게 빛나고 내 눈앞에는 오직 이 누각만 오롯이.

並立ちの太石柱しろく光り吾が眼の前はこの樓閣ひとつ

• 同

여기 있으며 연못을 사이에 둔 높은 궁전의 돌로 된 바닥 위의 신발 소리 조용해.

ここに居りて池を隔つる高殿の石床の上の沓音しづか

• 同

벚나무 꽃들 즐비하게 폈지만 절벽에서 난 담쟁이덩굴 싹도 트지 않고 빗속에.

さくらばな咲きそろへども岸に生ふる蔦は芽ぐまず雨の中なり

• 市山盛雄

화강암으로 된 기둥 생긴 연유 이야기하다 비가 희뿌옇
게도 내리기 시작했다.

花崗石の柱のいはれ語りをれば雨しらじらと降り出でにけり

* 同

누각의 위로 올라가 보노라니 연못 널찍이 오리며 거위
들이 헤엄치며 노누나.

樓の上にのぼりてみれば池をひろみあひる鷺鳥は泳ぎ遊べり

* 丘草之助

봄볕의 빛이 경회루 구석구석 널리 퍼지고 그대 작은 목
소리 듣기가 좋기도 해.

春の陽の光あまねき慶會樓に君が微吟の聲のよろしき

* 草世木輝子

어슴푸레한 푸른빛을 머금은 연못의 표면 파문이 흔들리
며 가장자리로 밀려.

ほのかなる青みをたもつ池の面水じわゆれてきしべによする

* 細井魚袋

붉게 칠한 것 많이 벗겨진 문의 위쪽에 저녁 되어가듯 보
이는 가을의 햇빛 색깔.

朱塗のはげかかりたる扉の上に夕づくと見えて秋の日のいろ

* 本多紫陽

물새 떼들이 사람을 두려워해 울고 있구나 경회루의 봄
모습 한창 때를 지났다.

水鳥の人におそれて鳴きにける慶會樓の春はたけなは

* 石井龍史

80

편평한 기와 깔려 있는 광장은 헤아릴 수도 없이 많이 서
있는 엄숙한 큰 돌기둥.

敷瓦しける廣間は數知らず立ちのいかしき大石柱

• 植松樹

돌기둥 밑을 빠져나가 보았네 그 옛날 당시의 왕의 사치
스러움 머릿속에 그려져.

石柱の下をくぐりつそのかみの王者の奢侈ぞ偲ばれにける

• 窪田わたる

덕수궁德壽宮

　현재 중구 정동에 있는 조선시대 궁궐로 본래 명칭은 경운궁慶運宮이었으나, 1907년 고종 황제의 장수를 비는 뜻에서 덕수궁이라 부르게 되었다. 덕수궁에는 많은 건물이 있었으나 현재 경내에 남아 있는 것은 대한문大漢門, 중화전中和殿, 광명문光明門, 석어당昔御堂 등이며 특히 근대 서양식으로 지어진 석조전石造殿은 이국적인 풍경을 자아낸다. 단카 속에는 덕수궁의 옛 왕조의 자취와 흔적이 주변 풍경과 어우러져 정취를 느끼게 한다.

월산대군이 거주하셨던 궁전 터였던 곳이 오늘날 개방되
어 사람들이 노닌다.

月山大君住みたる宮の跡處今日ゆるされて人々あそぶ

• 丘草之助

대한문 아래 지나가면 가까운 중화전 건물 기와지붕이
크게 휘어 솟아 있다네.

大漢門くぐれば眼近き中和殿甍大きく反りてそびゆる

• 同

사카자키 데와노 가미坂崎出羽守*가 분로쿠文錄 전쟁** 때
진을 쳤던 동산 안에는 가을 풀 향기나.

坂崎出羽守が文錄の役に陣をとりしみ苑の中は秋草匂ふ

• 同

석조전 건물 높이 세운 원기둥 하얀 모습에 가을 하늘은
넓고 가는 구름이 보여.

石造殿の高圓柱しろきかげに秋空ひろし雲うごくみゆ

• 荻生露

옛날 임금의 궁궐에서의 삶을 그려보면서 잔디밭에 서자
니 비둘기들 다가와.

古の王者の宮居しのびつつ芝生にたてば鳩の寄り來る

• 君嶋夜詩

---

* 사카자키 나오모리(坂崎直盛, ?~1616년)의 당시 직함을 딴 호칭. 임진왜란 이후
  도쿠가와 이에야스德川家康를 따랐고 그 공훈을 인정받은 무장.
** 임진왜란을 칭하는 일본 측의 용어.

초여름 아침 선선한 기운이네 햇빛에 비쳐 석조전 건물 받친 돌기둥이 보이네.

初夏のあしたすがしも日に映えて石造殿の石柱見ゆ

• 寺田光春

덕수궁 안의 잔디밭에는 붉게 불타오르는 사루비아의 꽃이 지금 한창 피었다.

德壽宮の芝生が中に耕に燃えてサルビヤの花いまを盛りに

• 清水不二子

햇볕을 받아 하얗고 그윽하네 석조전 건물 돌기둥 높이 솟아 올려다보고 있네.

日をあびてしろく幽けき石造殿の石柱たかくみ上げつるかも

• 寺田光春

덕수궁 궁전 기와지붕은 빛나 낮이면서도 비에 연무 오르는 벚나무 잎 너머로.

德壽宮の甍は光る晝ながら雨にけぶらふ櫻葉越しに

• 南澤蘭子

흔들거리는 어린 새잎의 그늘 중화문의 위 지붕의 원숭이가 움직이듯 보인다.

ゆらぎゐる若葉のかげの中和門屋根の猿は動くがにみゆ

• 眞能露子

아래 지나며 비둘기 우는 소리 올려다보니 문에 칠한 단청이 많이도 벗겨졌네.

くぐりつつ鳩啼くこゑにみあげたる門の丹青いたくはげゐし

• 渡邊たけの

84

폐허된 궁전 낮에도 조용하다 지붕 위에는 냉이풀 마구
자라 키가 커져 있구나.

廢宮の晝は靜けし屋根の上にペンペン草の丈のびてをり

• 牟田口利彦

돌로 된 계단 사이에 끼고 해태 엄숙한 얼굴 벚나무 어린
잎의 그늘 잠자코 있네.

石段をはさみてカイダの嚴き顔櫻若葉のかげにひそやか

• 岸光孝

건물 발코니 서서 멀리 내다본 궁궐 동산에 연못의 거북
이상 물을 뿜고 있구나.

バルコニーに立ちて見はらす御苑には池の龜趺が水噴きてをり

• 高橋珠江

어렴풋하게 푸른빛을 띤 풀이 무성히 자라 한국식으로
적적히 지붕 휘어졌구나.

ほんのりとあをみし草の生ひ茂り韓ぶり寂し屋根の反りかも

• 市山盛雄

세월 오래돼 한국식인 게 좋게 보이는 문을 지나니 느릿
느릿 흰옷의 노인 나와.

年ふりて韓ぶりよろしきくぐり門のこのこと白衣の翁いで來つ

• 同

광화문光化門

경복궁 남쪽의 정문으로 1395년에 세워졌으며 임진왜란 때 경복궁과 함께 방화로 소실되었으나, 조선 후기 흥선대원군이 경복궁을 중건하면서 재건되었다. 광화문은 일제강점기 때 조선총독부 청사를 지으면서 철거의 위기에 놓였으나 많은 이들의 반대로 궁성의 동문인 건춘문建春門 북쪽(현 국립민속박물관)으로 옮겨졌다. 이러한 당시의 상황은 광화문 단카 속에 고스란히 담겨져 있으며, 광화문이 현재의 모습으로 재건된 것은 1968년에 이르러서이다.

위엄이 있는 문의 그 뒤편으로 있던 한국식 궁궐의 그 풍
경이 이제 보기 어려워.

いかめしき門のうしろに韓ぶりの宮のけしきは今は見がたし

● 植松壽樹

조선총독부朝鮮總督府

　일제강점기 일본이 조선에 설치한 식민 통치의 중추 기구로 경복궁 근정전과 광화문 사이에 1926년 10월 완공되었다. 독일인 게오르크 드 라란데가 설계 초안을 마련하고 노무라 이치로野村一郎가 마무리 설계를 한 총독부 청사는, 당시 동양 제일의 건축물로 꼽힐 만큼 압도적 규모와 외관적 위용을 갖춘 건물이었다. 해방 후 국회의사당, 국립중앙박물관 등으로 사용되다가 1995년 광복 50주년을 맞아 해체되었다. 단카 안에는 조선총독부 건물을 지으면서 광화문이 궁성의 동문인 건춘문이 북쪽으로 옮겨졌던 역사적 사실이 고스란히 남아 있다.

장엄하게도 우뚝 솟아 있구나 다스리는 일 연민을 담아
하고 우러르게 하리라.

おごそかに建ちそびえたれまつりごと憐憫をこめて仰がしめなむ

● 中島哀浪

대리석으로 된 바닥을 걸었네 모든 것이 다 빈한데 그 모
습 서글퍼 보이누나.

大理石の床を歩みぬおしなべて貧しきもののつくろふあはれ

● 同

조선총독부 청사 방향을 향해 가는 사람들 아침 추운 길
가득 길을 비켜 준다네.

總督府の廳舍をさしてゆく人ら朝さむき通にみちてすがしも

● 荻生露

광화문 있던 자리에서 철거돼 조선총독부 새로운 청사
위치 정해져 버렸구나.

光化門取り除かれて總督府の新しき廳舍の位置定まれる

● 寺田光春

호라이초蓬萊町

　　현 중구 봉래동 1가와 2가의 동명은 청일전쟁이 시작되기 전 서울에 거주하던 일본인들이 사지死地에 놓인 상황에 일본군이 만리창에 진을 설치하며 보호책을 마련하자, 마치 지옥에서 신선이 사는 봉래산이 되었다는 느낌을 마을 이름으로 붙여 표현한 데에서 유래하였다. 당시의 신문에서 호라이초에 관한 언급을 보면 '빈민굴', '방화', '절도' 등과 같이 가난하고 범죄가 들끓는 곳으로 기록되어 있는데, 단카 속에서도 '누추한 동네'라고 직접적으로 표현하고 있는 등 당시 호라이초의 분위기가 그대로 드러나 있다.

신성한 마당 오늘 아침에 내린 이슬 흔들려 선명하게 가
을은 물들어 가는구나.

さ庭べに今朝おく露のゆれうごきさやかに秋は立ちそめにけり

● 市山盛雄

공사장에는 뒤집어 파헤쳐진 검은 흙 위로 오늘 아침 하
얗게 서리가 내려 있네.

普請場の掘りかへされしくろ土に今朝しらじらと霜をおきたる

● 同

오래 살아서 놀라는 일도 이제 없어졌구나 누추한 이 동
네로 오늘도 돌아오네.

すみふりて驚くこともなくなりしいぶせき町をけふも歸れり

● 同

변두리 자리 누추한 이 마을에 오래 살다가 어쩌다 나오
게 된 야시장 신기하다.

場末なるいぶせき町にすみなれてたまさかに出づる夜市ともしも

● 同

아무렇지도 않게 아침 하늘에 화장장에서 사람을 태운
연기 올라가고 있구나.

こともなく朝の空に火葬場の人燒く煙のぼりてをるも

● 同

새파란 하늘 저쪽 한켠에서는 거무스름히 오늘도 올라가
네 사람을 태운 연기.

まさをなる空のかたみにくろぐろとけふものぼれり人燒くけぶり

● 同

91

되돌아와서 창문으로 보자니 조금 전 바로 산 위로 피로
해진 해가 떨어졌구나.

かへりきて窓よりみればいましがたゆき疲れたる山に陽がおつ

• 細井魚袋

소나무 산에 숨어드는 바람의 소리가 휘휘 차가운 느낌
대로 오늘을 보내노라.

松山にこもる風の音しんしんとひえたるままに今日をくれける

• 同

안개가 깊은 집의 주변에서는 아이들 소리 들리지 않게
되고 시작된 저녁 추위.

霧ぶかい家のまはりに兒らのこゑきこえなくなりきざす夕びえ

• 同

언덕 불빛에 안개가 스미는 것 보고 있으니 둔중하게 움
직여 싫은 느낌이 드네.

丘の灯に霧がにじむをみてゐればにぶくうごいていやになりけり

• 同

92

북한산北漢山

　백두산, 지리산, 금강산, 묘향산과 함께 우리나라의 오대 명산
으로 삼각산, 한산, 북악산으로 부르기도 한다. 북한산 일대는 백
운대白雲臺, 인수봉仁壽峰 등 스무 개가 넘는 높은 봉우리로 이어져
있으며, 특히 화강암 봉우리들은 기암절벽과 함께 경승을 이루고
있다. 또한 북한산 내 오백 나한羅漢을 모신 기도처 또한 유명하
다. 『조선의 도시 : 경성, 인천』(大陸情報社, 1930)에서도 북한산을 '기
이한 봉우리의 산'이라 하여 경성의 명소로서 소개하고 있다. 북
한산을 그린 대다수의 단카는 북한산의 모습을 사계와 어우러진
풍경으로 포착하고 있다.

비스듬하게 쬐어 내리는 햇볕 속에 맞은편 봉우리 단풍 든 색 활활 타듯 보이네.

照り戻る日ざしの中に向つ峯の紅葉の色は燃えさかりみゆ

• 市山盛雄

저녁 햇볕이 아직까지도 밝아 북한산 하늘 저 멀리 아주 멀리 저녁이 되어가네.

夕日光いまだあかりて北漢山の空とほどほに夕さりにけり

• 村岡操

북악 봉우리 근처 하늘에 둥실 떠 있는 구름 미동도 않는 채 날 저물어 가려 하네.

北岳の嶺近き空にゐる雲のうごかぬままに日はくれむとす

• 寺田光春

북악 정상에 눈 녹다 남았어도 산기슭 부근 나무들은 싹 들을 움틔우고 있구나.

北岳のいただきに雪は消殘れど裾邊の木々は芽を吹きにけり

• 同

눈 내려 흐린 북한산 바위 춥다 산봉우리를 올려다보며 소는 울음을 그치질 않네.

雪ぐもる北漢山の岩寒し峯を仰ぎて牛鳴きやまず

• 伊丹賢夫

비가 그친 후 하늘은 청명하고 녹음이 짙은 북한산은 정 말로 가까운 듯 보이네.

雨あがりの空すみきりて綠濃き北漢山は間近くみゆる

• 兒玉盛之助

나의 마음을 평온하게 하고서 오늘 아침에 보네 선명하
게 선 북악의 봉우리를.

わがこころおだやかにして今朝は見ぬくきやかに立つ北岳の峯を

• 河野友子

나한전으로 찾아서 들어가니 한쪽 면에는 온통 오백 나
한의 조각상 계시구나.

羅漢殿うかがひみればいちめんに五百羅漢の塑像まします

• 相川態雄

맞은편 산에 천둥소리 울리니 이 북한산의 풀 나무 괴이
하게 요란한 소리 내내.

向つ嶺にいかづち鳴りてこの山の草木あやしく立ちさわぎ來ぬ

• 眞能露子

성 담벼락에 무성하게 자라난 잡초 바람에 나부끼면 보
이는 경성의 거리구나.

城壁に生ひてしげれるしこぐさの靡けば見ゆる京城の街

• 同

가을 햇빛이 비치는 산 불당은 고요해지고 오백 개의 나
한상 줄지어 계시었네.

秋日さす山の御堂の靜もりて五百羅漢は並みおはしたり

• 牟田口利彦

산봉우리가 첩첩 이어진 위로 불쑥 솟은 북한산 정상 바
위 가을 해가 비추네.

ただなはる嶺ろをぬきんで北漢山の頂上の磐が秋の日に映ゆ

• 同

찬바람 점점 심하게 부는 겨울 잎 없는 나무 북한산 봉우
리의 틈 사이로 보이네.

木枯の吹きつのり居る冬木立を透してみゆる北漢のみね

• 包木爭靑子

잎사귀 끝을 살랑살랑 울리는 바람이 있네 잠자리 흘러
드는 산 속의 밤 밭에는.

さやさやと葉末を鳴らす風のあり蜻蛉ながるる山栗畑

• 土生光作

비구름 속에 덮여 갇혀 있은 지 오래로구나 북악도 삼각
산도 며칠을 볼 수 없네.

雨くもに覆はれて久し北岳も三角山も幾日みざらむ

• 渡邊幸子

세검정 洗劍亭

　조선 후기의 정자로 종로구 신영동에 위치하며 서울특별시 기념물 제4호로 지정되었다. 세검정이라는 명칭의 유래에 대해서는 여러 설이 있으나, 1623년 인조반정 때 이귀李貴 등의 반정 인사들이 이곳에 모여 광해군 폐위를 논의하고, 칼을 갈아 씻었던 자리라고 해서 세검정이라 이름 지었다는 설이 유력하다. 일제강점기에 경성의 명승지였으며, 1936년 1월 1일자 『동아일보』의 한 기사에는 '세검정 부근의 큰 바위는 한가한 사람들의 유유한한한

놀이터'라 기록되어 있다. 이렇게 도성 밖 최고의 유원지로서 사
랑을 받아 왔던 세검정은 1941년 화재로 소실돼 주춧돌만 남았
으나 1977년에 복원하여 현재의 모습으로 유지되고 있다.

세검정 아래 물 밑에 햇빛 닿아 암석들 훤히 다 들여다보
이는 가을날이로구나.

みなそこに日光とどきて岩石のあらはにみゆる秋日なりけり

• 染谷昇二

말씀하시는 세검정에 관련한 옛날 일들을 등 쪽에 햇볕
쬐며 듣고 앉아 있었네.

説きたまふ洗劍亭の故事を脊に陽をうけて廳きゐたりけり

• 大橋文字

소나무 바람 살짝 고개 넘어서 불어 오면은 무녀가 치는
큰 북 울려 퍼져 들린다.

松風のかそけき峠こえくれば巫女の太鼓のひびききこゆも

• 名越湖風

조선식으로 만든 정자 강바닥 커다란 바위 위에 쓸쓸하
게도 세워져 있는 것을.

韓ぶりの四阿づくり川床の大岩の上に寂び立てらくも

• 川田順

햇살 비추는 암석 바닥 희구나 골짜기 물은 말라 가느다
랗게 흐르고 있었도다.

日の照らふ岩床しろし谷水の乾き細りてながれけるかも

• 同

98

물이 모자라 햇볕에 말라가는 바위의 위에 좀처럼 보기 힘든 할미새 앉았구나.

水乏しみい照り乾ける岩の上にこはめづらしきいしたたきかな

• 同

마주보는 쪽 비스듬하게 하얀 바위 표면에 망치질하는 지나 석공 등 새까맣네.

向つなぞへの白き岩肌に鎚ふるふ支那の石工の背はくろぐろし

• 二つ谷白百合

백운장白雲莊

　백운장은 조선 말기의 문신 김가진金嘉鎭(1846~1922)의 집터에 1915년 일본인 기타무라 세이타로北村淸太郎가 지은 요정料亭으로 청운동 6번지 일대라 추정된다. 백운장은 김가진 일가의 중국 망명 이후 일제강점기 동안 고급 요릿집으로 사용되었던 기록과 사진이 확인된다. 백운장과 관련된 일화로는 1933년 도둑 사건과 1937년 백운장의 주인이었던 임청林淸이 저지른 사기사건이 유명하다. 해방 이후부터 1961년 정도 전까지 요정뿐만 아니라 호텔 등의 용도로 크고 작은 사건과 요정정치가 이루어진 장소이기도 하다.

산의 빼어난 곳에 남은 햇빛을 쓸쓸히 보며 바람 쌀쌀히
부는 골짜기 내려서네.

山の秀に殘る日光をさびしみつ風ひややかな峽に下りたつ

위엄이 있게 놀았을 것만 같은 짐승 배설물 딱딱하게 굳
어진 산 속의 추위구나.

巖かげに遊びしならむけだものの糞固まれる山の寒けさ

● 同

백운장 사월 산의 잡림에서는 새 울음소리 그치고 구름
들은 흘러 들어오누나.

白雲莊四月の山の雜林に鳥啼きやみて雲流れ來る

● 尾崎敬義

101

조지리造紙里

　지금의 종로구 신영동 199번지 일대에 있던 마을로 조선시대 나라에서 사용하는 종이를 제조하는 관아 조지서造紙署가 있었던 것에서 마을 이름이 유래되었다. 조지서는 1882년에 폐쇄되었으나 단카에서 볼 수 있듯이 일제강점기 때도 이 지역 일대에서 옛날식 종이 생산이 이루어졌다는 것을 알 수 있다. 현재 종로구 신영동 세검정 초등학교 담장에 '조지서 터'라는 표지석만이 남아 있다.

　산골짜기에 흐르고 있는 냇가 빈약한 물을 막고서 종이 뜨는 사람을 보고 있네.
　　谷川のともしき水をせきとめて紙漉く人のさまをわがみる
　　　　　　　　　　　　　　　　　　　　　　　　• 原口順

종이를 뜨는 오두막에서 나온 남자 햇볕이 드는 언덕 비탈에 종이 떠서 말리네.

紙漉小屋より出で來し男日あたりの丘のなだりに漉きし紙ほす

• 同

산 속 깊은 곳 이 시골 마을 사는 사람은 종이 뜨는 일을 업으로 하고 사는 듯하다.

山ふかきこの鄙里に住む人は紙漉く業を生活とすらし

• 同

종이를 떠서 생계 꾸리고 있는 이 마을에서 옛 사람도 이렇게 살고 있던 거겠지.

紙漉きて生計たつるこの里のいにしへ人もかくてありけむ

• 同

서대문西大門

서울 성곽의 사대문 가운데 서쪽의 큰 문으로 돈의문敦義門이 정식 명칭이다. 서대문이라고도 불리었는데 돈의문은 한양도성의 축조와 함께 1396년에 건립되었으나 일제가 1915년 3월 돈의문을 헐어 도로를 개설하기로 결정하고 전차가 들어서면서 철거되었다. 현재 서울 중구 정동 경향신문사 앞 정동사거리에 '돈의문 터'라는 표지석만이 남아 있다.

서대문을 부순다고 하는 날 살짝 소매에 넣어서 집에 왔네 바로 이 돌멩이를.

西大門壞すといふ日ふと袖に入れて歸りしこの石くれよ

• 横田葉子

104

의주통義州通

　1914년부터 일제에 의해 의주통이라 불린 도로는, 현재 중구 봉래동2가 43번지에서 독립문을 거쳐 서대문구 홍은동 405번지에 이르는 길이다. 원래 한양에서 파주, 평양을 거쳐 의주에 이르는 천리 길 대장정의 조선 시대의 간선을 의주로라고 하였다. 파리의 개선문을 본 따 중국으로부터의 독립을 뜻하여 만든 독립문에서 출발하여, 임진왜란 때 일본군과 명나라 군사 간에 전투가 일어난 벽제관을 거쳐 북쪽으로 뻗은 가도이다. 광복 후에는 1946년 서울역에서 적십자병원에 이르는 구간이 다시 의주통에서 의주로라는 이름으로 변경되었다.

사람들 말한 독립문이란 바로 이것이구나 그을린 빛깔의
돌 겹겹 쌓아 세웠네.

人の言ふ獨立門はこれなるかすすけし石をたたみて立ちし

• 井澤美男

벽제관 방향 저쪽인 듯 하구나 넓고 평탄히 의주로 가는
가도 쭉 뻗어 고요하다.

碧蹄館はかなたなるらし坦々と義州街道のびてしづけし

• 中野正幸

종로鐘路

  광화문에서 동대문까지 연결되어 있는 도로로 종각鐘閣이 종로 사거리에 있어 이 거리를 종루십자가鐘樓十字街 또는 종가鐘街, 운종가雲鐘街라고 부른 데서 유래하였다. 사람들이 구름처럼 모여드는 거리라는 명칭에 걸맞게 예나 지금이나 사람들로 북적이는 번화가로 단카에서도 종로의 생기 있는 분위기가 전해져 온다.

  이 교차로에 있는 오래된 큰 종 먼지 덮이고 낮게 매달려
  있어 땅에 닿으려 하네.
    この辻に古りし大鐘埃かぶり低く吊られて地につかむとす
                                        ● 植松壽樹

옷자락 길고 흰 두루마기 입고 태평스럽게 사람들 많이 다녀 여기 번화한 거리.

裾長の白き周衣おほどかに人多くゆくここのちまたを

• 同

종로 큰 길에 눈 많이 내리누나 푸른 빛깔의 자기 팔고 있는 집 노란색 수선화 꽃.

いちじろく鐘路大路を雪降れり青磁うる家の黄水仙の花

• 鈴木古都子

길 물어보니 그냥 손을 흔들던 해지는 때의 종로 거리에서 본 그 한 명의 경찰관.

道をきけばただ手をふりしたそがれの鐘路の辻のかの一巡査

• 土岐善磨

누각 건물에 종이 매달리게 돼 울려 퍼지는 소리 은은한 것을 멀리서 떠올리네.

鐘樓に鐘は置かれて殷々と響きたりしを遠く想はしむ

• 百瀬千尋

아침 저녁에 시각을 고하는 종은 멀고먼 과거 운종가의 거리에 울려 퍼졌겠구나.

朝夕の刻告ぐる鐘はいにしへの雲縦街をとよもしにけむ

• 同

연기 매캐한 저녁의 종로길을 걸어가면서 손으로 코 푸는 여자 시원한 얼굴 하네.

煙くさきゆふべの露路をゆきながら手鼻かみし娘面はれやかに

• 同

108

황혼이 지는 종로 연기 자욱이 감도는 것은 어느 집 할 것 없이 불 지피고 있어서.

夕昏む露路に煙のただよふはいづれの家も焚きこもるなり

• 同

번쩍번쩍한 놋그릇 진열하고 한 해가 지는 세밑은 밝은 모습 지는 화신백화점.

きらきらと鍮器ならべて歳末の明るさはあるよデパート和信

• 同

낙원회관의 장식등 흔들리는 종로 습하고 온돌의 매연 낮게 깔려 코를 찌르네.

樂園會館の飾燈ゆらぐ露路のしめりおんどるの媒煙低く鼻をうつ

• 同

일장기 아침 햇살에 빛이 나는 맑은 가을날 조선인의 마을을 발 빠르게 지나네.

日章旗朝日にかがやく秋晴れの朝鮮人町を足早やに過ぐ

• 岡本文彌

길거리에서 왈가왈부하면서 두는 장기 놀이 이 나라 분위기와 잘 맞은 듯하구나.

あげつらひ路にうちをるシャンギの遊この國ぶりに適ひたるらし

• 大内規夫

북적거리는 밤의 종로 거리에 조선의 고서 판다고 떠들어도 멈추는 이 없구나.

にぎはへる夜の鐘路に韓の古書賣るとはづめど人停るなし

• 同

등불 어두운 집들이 늘어선 곳 물건 판다며 약간씩 놓여
있는 야생에서 딴 과일.

ともしびの暗き家並にもの賣るといささか並べたり野生の果實

• 同

보신각 안의 종을 엿보는 것도 여행이라서 겨울의 한낮
시간 종로를 거니노라.

普信閣に鐘をのぞくも旅ゆゑぞ冬のまひるの鐘路を行きつつ

• 富田碎花

파고다 공원パゴダ公園

지금의 탑골 공원을 일컬으며, 고종 때 원각사 터에 조성한 최초의 공원이다. 이전에는 사찰의 탑을 뜻하는 포르투갈어 파고다 pagoda라는 단어를 사용하여 파고다 공원이라 하였으나, 1992년 이곳의 옛 지명을 따라 탑골 공원으로 개칭하게 되었다. 공원 안에 있는 국보 제2호인 원각사지 십층 석탑, 보물 3호인 원각 사비 등 문화재가 많이 있다. 원각사지 십층 석탑은 현재 산성 비 때문에 유리 보호막이 쳐져 현대적인 모습으로 보존되고 있

는데, 여기 단카들에서의 탑의 모습은 과거 모습 그대로를 담아
내고 있다.

나무 그늘에 조그마한 탑이라 보며 왔는데 가까이 와서
보니 올려다보고 있네.

樹の蔭の小さき塔と見つつ來ぬ近づきてわが仰ぎたりけり

• 植松壽樹

대리석의 탑 표면으로 그 수를 셀 수가 없이 희미하게 새
겨진 부처님 조각상들.

大理石の塔のおもてに數知らずおぼろおぼろと御佛の像

• 同

대리석으로 된 탑 한쪽 표면 거뭇거뭇이 남은 불탄 흔적
을 현실에서 보았네.

大理石の塔の片おもて黒々と炎のあとをうつつに見たり

• 同

황량한 겨울 마른 파고다공원 적적했지만 탑에 감돌고
있는 봄날의 햇볕 기운.

冬枯のパゴダ公園さびたれど塔にはにほふ春の日のかげ

• 名越湖風

경성방송국 JODK

　　JODK는 경성방송국京城放送局의 호출부호로 일본의 도쿄(JOAK), 오사카(JOBK), 나고야(JOCK)에 이어 1927년 2월 16일 네 번째로 탄생한 방송국이었다. 중구 정동 1번지 언덕 위에 2층 건물로 설립되었으며 1932년 4월 7일 법인명을 조선방송협회로 개칭하였고 1935년에는 경성중앙방송국으로 개칭했다. 태평양 전쟁 중에는 일본 제국의 전시하 정책에 따라 선전방송으로 이용되었으며 1942년부터는 한국어 방송이 중단되었다. 광복과 함께 JODK시대는 끝나고 1945년 9월 서울중앙방송국으로 개칭하고 기구를 개편하여 지금의 KBS로 이어졌다.

DK의 방송 끝나고 창문 쪽에 있으면 정적 속 멀리서 다
듬질 소리가 들려오네.

DKの終りて窓により居ればしじまを遠き砧聞ゆる

• 難波正以知

진정이 되지 않는 마음 가지고 마이크로폰 쪽으로 물끄
러미 향하는 나로구나.

おちつかぬ心をもちてぼんやりとマイクロホンに向ふわれかも

• 市山盛雄

걸핏하면은 마음이 가라앉아 방법 없는데 잠시 동안 나
에게 돌아오는 허전함.

ともすれば心しづみてすべなけれたまゆら吾にかへる寂しさ

• 同

긴장해 마른 침 삼키며 들으실 남편 얼굴이 마이크에 보
여서 진정이 되지 않네.

かたづのみ聞きてゐまさむ夫が顔マイクに見えて氣は落ちつけず

• 高橋珠江

라디오에서 흘러나오는 아내 낭영을 하는 그 목소리 떨
림을 놓치지 않으려고.

ラジオより流れ來る妻の朗詠の聲のふるへを聞きのがさざり

• 高橋豊

현해탄 넘어 흘러나갈 아내의 이 목소리를 고향 마을에
계신 장모 들으실 테지.

玄海を越へて流れむ妻の聲を郷里なる義母も聞きおはすらむ

• 同

금융조합협회金融組合協會

　금융조합은 1907년에 설립된 서민금융기관으로, 1928년 9월 조선금융조합협회가 결성되었지만 운영이 원활하지 않자 해체되고 1933년 조선금융조합연합회가 결성되었다. 금융조합은 1956년 농업은행의 설립으로 해산되었다. 이 협회에서는 『금융조합金融組合』이라는 메이저 종합 잡지를 발행하였다. 금융조합협회에 대해 자부심이 느껴지는 단카를 두 수 남기고 있는 무타구치 도시히코牟田口利彦는 조선금융조합협회의 상무이사로, 『조선 옛날의 금융·재정 관행朝鮮舊時の金融財政慣行』(京城 : 朝鮮金融組合協會, 1930)이라는 저서 또한 남겼다.

조합협회의 신관 건물의 위로 금융조합의 깃발 하늘 드
높이 휘날리고 있구나.

協會の新館の上に組合旗空にたかだか飜へるなり

• 牟田口利彦

거대한 협회 건물을 마련하고 앞으로 더욱 번영해 나아
가리 우리 금융조합은.

巨大なる協會館をしつらへていや榮ゆらむわが組合は

• 同

동소문東小門

(31) Toshomon-gate, Keijo.　(門化惠) 門小東城京 (所名鮮朝)

　　조선 왕조가 한양에 천도한 후 태조 5년 성곽을 쌓을 때 동북
쪽에 설치한 문으로 혜화문惠化門을 달리 이르는 말이다. 1684년
문루를 새로 지은 후 한말까지 보존되어 오다가 1928년 문루가
퇴락하여 이를 헐어버리고 홍예虹霓만 남겨 두었다. 그러나 일본
이 혜화동과 돈암동 사이에 전차 길을 내면서 이마저 없애버려
그 형태도 찾기 어려웠으나 1992년 원래의 자리보다 약간 북쪽
으로 이동하여 복원되었다. 단카들은 당시 동소문 주변에 있던
목장 등 평화로운 분위기만을 어렴풋이 전해주고 있다.

햇살 옅어져 가고 동소문 밖은 고요하구나 때때로 목장 소가 우는 소리 들릴 뿐.

日うするる東小門外靜なり牧場の牛のどきどき啼きて

• 河野友子

저녁 무렵에 거리에서 돌아와 보면 지붕 위 눈에 띄게도 가득 떠 있는 하얀 구름.

夕街を歸り來れば屋根の上におびただしくも浮ぶ白雲

• 同

여름에 봤던 동소문 위 구름의 색깔이 나도 모르게 떠오 르네 그 풍요롭던 모습.

夏に見し東小門の雲のいろふと思ひ出でぬ豊けかりしを

• 同

구름의 모양 논의 빛깔도 가을다워진 동소문 바깥쪽을 혼자서 왔노라네.

雲のけはひ稻田のいろも秋づける東小門外ひとり來にけり

• 名越湖風

경학원經學院

　1887년 조선 최고의 국립교육기관이었던 성균관成均館이 개칭된 이름이다. 성균관은 유생들의 교육기관으로서 명목만을 유지하다가 1894년에 폐지되었다. 일제에 병합된 후 조선총독부가 남아 있던 성균관을 경학원이라는 이름으로 다시 개칭하였다. 일제강점기 경학원은 천황의 하사금으로 설립되어 총독부의 식민 정책에 부합하는 교육 기관으로 전락하였다. 1920년에 명륜학원으로 개칭되고, 1937년에 명륜전문학원, 1942년에 명륜전문학교를 거쳐 1946년 성균관대학교로 이어졌다.

돌계단 위로 그림자를 드리운 두 줄기의 큰 파초의 잎사귀가 흔들리고 있구나.

きざはしに影を落して二本の大き芭蕉の葉はゆれにつつ

● 松村桃代

명륜당 문을 굳게 닫고서 그 문 안에서 천 년 동안 변함도 없는 도리를 설했겠지.

明倫堂かたく閉してそが中に千年かはらぬ道を説きけむ

● 同

경학원 안의 오래된 나무 사이로 보인 조용한 사람들과 내부 모습이구나.

經學院古りたる木々の中に見えしづけきもののすがたなりけり

● 寺田光春

돼지 모양의 이 신성한 단지로 공양드릴 때 공자님의 영혼도 웃을게 분명하네.

豕型のこれの齋瓮を供ふる時孔子の御靈も笑むにちがひ無し

● 川田順

아주 오래된 여기 경학원에서 일하는 사람 예전에 온 적 있는 나를 기억하누나.

もの古りしこの學院の司人曾つて來にけるわれを見知れり

● 同

푸르른 색의 은행나무 꽃들이 떨어져 쌓인 이곳 돌바닥기와 그윽한 모습이네.

青きものいてふの花の散りたまるこの敷瓦幽けかりけり

● 同

푸른 잎 짙은 은행나무 그늘에 아주 오래된 공자님의 혼
백 사당 절 올리기 잊었네.

靑葉ふかき公孫樹の陰に久しかり孔子のみたまや拜み忘れて

• 同

가을 지나면 이 큰 은행나무는 단풍들겠지 가을에도 오
리라 생각을 하였다네.

秋さらばこの大公孫樹もみぢせむ秋にも來むと思ひけるかも

• 同

아주 고요한 마당에 깔려 있는 포석들마다 품은 오동나
무 꽃 져서 흘러넘치네.

しづかなる庭にあてりき敷石にここだく桐の花散りこぼれ

• 市山盛雄

불러 세워져 꿩 우는 소리난다 듣고 있노라 악기 창고 앞
늙은 나무의 아래에서.

よびとめて雉子のこゑすときいてゐる樂器庫の前の古木の下に

• 同

광희문光熙門

현재 중구 광희2동에 위치하고 있으며 도성 안의 시신을 내보내던 문으로 수구문水口門 또는 시구문屍口門이라고 했다. 동대문과 남대문의 사이, 즉 한양 도성의 동남쪽에 위치하였는데 1396년 도성을 축조할 때 창건되었다.

성곽의 벽이 무너진 것을 보며 인간 세상의 변천하는 모습에 생각이 미치누나.

城壁の崩えしを見つつ人の世のうつろふ姿に思ひいたりぬ

● 小泉苳三

경성운동장 京城グラウンド

　경성운동장은 옛날 동대문운동장 자리에 있었으며, 본래 그 터
의 일부는 조선시대 치안을 담당하던 하도감과 군사훈련을 담당
하던 훈련원 터였다. 1925년 10월 이곳에 일제에 의해 경성운동
장이 준공되었으며, 1926년 전조선여자정구대회, 1927년 전조선
축구대회, 1934년 전조선종합경기대회가 열리는 등 일제강점기
때 다양한 대규모 체육 경기가 개최되었다. 1945년 광복이 되면
서 경성운동장에서 서울운동장으로 개칭되었고 현재는 복합 문
화 공간인 동대문 역사문화공원으로 변모하였다.

세상의 변천 대단하기도 하다 서로 얽혀서 힘을 겨루는
데는 넓은 노천 운동장.

世の移りすさまじきかも相搏ちて力きほふに廣き野天なり

　　　　　　　　　　　　　　　　　• 大內規夫

아카시아의 나무에 기대어서 나 서 있으니 안개의 물방
울이 이따금 떨어지네.

あかしやの木によりそひてわが立てば霧の雫のときにおつるも

　　　　　　　　　　　　　　　　　• 市山盛雄

안개 자욱이 낀 그라운드 언덕 걸어오면서 나는 볼 차는
소리 시원스럽게 듣네.

霧深きグラウンドの丘に來つつ吾ボールの音をすがしくはきく

　　　　　　　　　　　　　　　　　• 同

동대문東大門

　흥인문興仁門은 조선시대 한양 도성의 동쪽 문으로 사대문 가운
데 동쪽에 있기 때문에 일제에 의해 동대문東大門이라 불리었다.
그러나 1996년 광복 50주년을 맞아 역사바로세우기 일환으로 그
때까지 사용하던 동대문을 원래의 이름인 흥인지문으로 환원하
였다. 단카에서는 당시 동대문의 모습과 함께 교통 요지로서의
분주함이 느껴진다.

　　겨울안개가 내려앉은 저녁에 동대문 비춘 등불 빛에 늘
　어선 해태상이 보이네.

　　寒靄のおりたる夕は東大門灯に浮きてこま犬の並べるがみゆ
　　　　　　　　　　　　　　　　　　　　　● 大內規夫

바삐 달려와 여기에 정차하는 전차 많구나 낮의 한적함
속에 용이 회오리치듯.

はしり來てここにとどまる電車多し晝のうつろに龍卷わくも

• 同

시가전차로 허둥지둥 환승을 하는 소녀가 손에 들고 있
던 것 가을철의 국화 꽃.

そそくさと市街電車に乘りかへし少女がもてる秋草の花

• 市山盛雄

동대문 붉은 칠이 진하게 되어 있는 원기둥 철포의 흔적
들이 선명하게 보이네.

東大門丹塗のはげし圓柱に鐵砲のあとのありありとみゆ

• 小谷津露峰

자욱하게 낀 아침 안개 이윽고 흘러갈 테니 동대문의 모
습도 곧 드러나게 되리.

東大門深くこめたる朝もやのやがては流れあらはなるかも

• 石井龍史

동대문 누각 대문을 내가 열고 어둑어둑한 안쪽에 숨어
있던 박쥐를 보았도다.

東大門の樓の門扉を我が開けて小暗き中に蝙蝠を見つ

• 同

동대문까지 여기에서 전차로 두 구역이라 버스를 보내놓
고 갈아타러 갔다네.

東大門ここより電車二區となるバスを渡して乘りかへりにけり

• 寺田光春

126

대학병원 大學病院

오늘날 서울대학교병원의 전신으로, 1907년에 설립된 대한의원이 조선총독부의원 관제가 공포되면서 조선총독부의원으로 개칭되었다. 1912~1913년 증축공사를 거쳐 1926년 경성제국대학에 편입되어 대학병원으로 이어졌다. 1928년 지금의 서울대학교병원의 전신인 경성제국대학 의학부 부속의원으로 개편되었다. 광복 후에는 서울대학교 부속병원이 되었고 현재 서울대학교 병원 내 의학박물관으로 사용되고 있다.

어슴푸레히 날이 밝는 아침의 병실에서는 마음 고요하지
않고 걱정에 잠겨 있네.

ほのぼのと明けはなれたる朝の部屋しづこころなくものを思へり

• 市山盛雄

건물 앞마당 초록색이 선명한 단풍나무 잎 습기를 머금
고서 차분하게 있구나.

さ庭べのみどりあかるき楓葉はしめりをおびてしづかなりけり

• 同

아침 해 드는 창가에 다가가니 마당 나무들 조용히 흔들
려서 쌀쌀함 느껴지네.

朝日さす窓邊によれば庭の木々静にゆれて肌寒み覺ゆ

• 同

음력 사흘의 초승달빛 희구나 작은 풀 난 산 작별하기 어
려운 내 발걸음이도다.

三日月の光はしろし小草山別れかねたるわがあゆみかも

• 同

저녁노을의 붉은 구름 사이로 음력 초사흘 달은 흐린 빛
내며 모습을 드러냈네.

夕燒の赫き雲間に三日月はうすくひかりてあらはれにけり

• 同

하얀 밀랍벽 스며들은 약 냄새 의자에 기대 맡고 있노라
니까 쓸쓸하기도 하다.

白臘の壁にしみたる藥の香椅子にもたれてかぐはさびしき

• 相川熊雄

사람 한 명이 복도의 판자 바닥 슬리퍼 소리 울려 퍼지게 하는 심야의 이 고요함.

ひとひとり廊下の板にスリッパの音ひびかせて深夜のしづけさ

• 寺田光春

청계천淸溪川

　서울의 서북쪽에 위치한 인왕산, 북악산의 남쪽 기슭과 남산의 북쪽 기슭에서 발원한 물줄기들이 도성 안 중앙에서 만나 서에서 동으로 흐르는 하천이다. 일제강점기 '조선하천령'이 제정되면서 상류의 청풍계천을 줄여 청계천이라는 이름이 유래되었다. 조선 하천령이란 일제강점기 조선총독부에서 조선의 어업 및 하천 이용에 관해 내린 규제 명령으로, 하천이 국유로 규정되었다. 1927년 1월 22일 공포되었으며, 6월 조선하천령 시행규칙을 실시하였다. 현재 청계천 복원이 이루어진 후 현대적인 도시 공간의 일환으로서의 모습을 갖추고 있으나, 청계천을 소재로 한 단카에서는 빨래를 하는 여성들, 고기를 잡고 노는 아이들의 모습 등을 찾아

볼 수 있어 현재와 대조되는 모습을 찾아 볼 수 있다.

　　물이 줄어든 청계천 모래밭에 부는 바람은 어렴풋하고
날은 저물어 가고 있네.

　　水やせし清溪川の川原ふく風しらじらと夕さりにつつ

● 得野鶴子

　　지면에 안개 자욱이 낀 청계천 강 하류에는 모래밭 저녁
무렵 동대문 거뭇하게 보이네.

　　地もやたつ清溪川の川下に東大門が夕くろく見ゆ

● 同

　　강물 바닥의 거무스름한 진흙 사람들 밟아 길이 되어 버
렸네 물이 마른 곳에서.

　　川床のかぐろき泥を人踏みて路とぞなれる水なきところ

● 植松壽樹

　　여자들 여기 모여 빨래한다고 얼마 안 되는 지저분한 물
길을 막아 세우는구나.

　　女ども洗濯するといささかのきたなき水を塞きとめにけり

● 同

　　고추 말리고 있는 집들 늘어서 있는 마을을 통과해 걸어
와서 청계천에 나왔네.

　　番椒乾されたる家の並みたてる町を通りて清溪川に出づ

● 橋本蕎堂

131

연무가 내려 어쩐지 슬픈 느낌 자아낼 만한 밤의 강 물가
에는 등불 흐르고 있네.

靄おりてものがなしさをそそるべき夜の川端に灯はながれたる

• 大內規夫

평소 청계천 물이 부족했는데 물 불려주는 이번 비에 아
이들 고기 잡는다 모여.

淸溪川つねはとぼしき水殖ゆるこの雨に子らの魚とるとよる

• 寺田光春

신당리新堂里

신당리는 현 중구 신당동의 1936년 이전 명칭이다. 1910년 10월 1일 조선총독부령 제7호에 의해 경기도 경성부 남부 두모방 왕십리계 신당리동이라 칭해졌고, 1914년에는 경성부 구역 획정에 따라 고양군 한지면 신당리가 되었다. 1936년에는 조선총독부령 제8호에 의해 경성부 신당정이 되었다. 한편 조선시대부터 신당동, 금호동 일대는 공동묘지가 형성되어 1920년대까지 무덤이 많았으며, 특히 신당리에는 일본인의 전용 화장터인 신당리 화장장이 있었다고 한다. 여기에서도 신당리 화장터를 소재로 한 단카를 찾아볼 수 있다.

해질녘 되어 생명이 사라지는 사람 태우는 연기가 잘 보이는 마당에 나와 있네.

夕されば生命かそけし人を燒く煙の見ゆる庭に出で來つ

• 小泉芟三

소나무 숲을 베고 토지 개간한 넓은 대로에 이정표가 새로이 박아 세워져 있네.

松林伐り墾かれし大通を路標あたらしく打ち立ててあり

• 高橋珠江

봄볕 비치는 아침의 넓은 거리 마차 줄지어 옮기고 있는 산의 흙이 띤 붉은 빛.

春日さす朝街道を列りて馬車の運べる山土の色

• 同

백단향 늙은 나무 어렴풋하게 조금 보이며 언덕에 핀 안개에 날이 지나고 있네.

白檀の老樹うつすら見えそめて丘のさ霧に日の流れゐつ

• 同

비 내린 뒤의 새로 개통한 길에 땅을 파헤쳐 낮의 움푹 팬 곳에 귀뚜라미가 우네.

雨あとの新墾道の土ほれて窪みに晝を蟋蟀の鳴く

• 高橋豊

134

한강漢江

　강원도, 충청북도, 경기도, 서울 등 한국 중부를 거쳐 서해로
유입하는 큰 강이다. 예나 지금이나 한강은 교통의 요지이며 많
은 사람들이 여가활동을 통해 소통을 하는 문화 공간으로서의 역
할을 해왔다. 노량진 흑석리에 위치하였던 한강신사漢江神社 아래
로는 한강이 흐르고 있었으며, 단카 속에서는 지금은 상상하기
어려운 빈민촌, 겨울철 스케이트를 타는 모습, 얼음 실은 마차가
대기하는 모습, 한강을 걸어서 건너가는 모습 등 이색적인 과거
의 한강의 모습을 그대로 옮겨놓은 단카들이 주목할 만하다.

큰 강 흐르는 물길의 끝을 보려 생각했는데 여기서는 산
으로 가려 보이지 않네.

大江の流のはてを見むと思へど山にかくれてここよりは見えず

• 丘草之助

큰 강 갯벌을 파내어서 지붕을 이고서 사는 사람들 가련
하다 생각하게 되누나.

大河の干潟を掘りて屋根をふき住みつく人をあはれと思へり

• 同

한강의 얼음 정말로 깊이 얼어 비쳐 보이는 것을 다리를
떨며 밟아 건너고 있네.

漢江の氷ま深く透き通るを足ふるはせて踏み渡りたり

• 牟田口龜代

한강의 기슭 늘어서 있는 마차 위 실어놓은 얼음은 햇빛
으로 빛이 나고 있구나.

漢江の岸につらなる馬車の上に積みし氷は日に光りをり

• 同

달 그림자가 한줄기 반짝이는 강수면 위를 가로질러 보
트는 기슭에 도착했네.

月かげのひとすぢ光る川の面をよぎりてボート岸につきたり

• 河野松乃

강의 변두리 빈민굴은 여기나 저기나 낡은 판자를 늘어
놓고 담으로 삼고 있네.

川の邊の貧民窟はどれもこれも古き板ならべ垣となしをり

• 細内秋郎

136

추위를 잊고 아이들은 모여서 얼음 위 눈을 손으로 헤쳐
가며 원을 만들고 있네.

寒さ忘れ子らはつどひて氷上の雪をかきわけ輪をつくりをり

• 市山盛雄

얼음을 뜨는 시기 이제 지나가 버린 듯하네 한강 기슭에
붉은 신호 알리는 깃발.

採氷期すぎたるらしも漢江の岸邊にあかき信號の旗

• 相川熊雄

시험 삼아서 돌 던져보니 얇은 얼음이 깨져 쩍쩍하고 갈
라진 소리 내고 있구나.

こころみに石を投ぐれば薄氷はりはりとさけ晉たてにけり

• 同

꽁꽁 얼어 있는 강의 넓은 면적을 원하는 만큼 스케이팅
하려는 사람들 오고가네.

凍りたる江の廣さをほしいままにスケーチングの人ら入り交ふ

• 三木允子

쏘아 올리는 폭죽 터져 올라서 환해질 때에 배에 있는 아
가씨 여름 띠가 보이네.

あげ花火の開ききりたる明るさに舟にゐる娘の夏帶はみゆ

• 久保元秋

고기잡이 배 불빛 하나 비치는 강의 수면에 삐걱 노 젓는
소리 고요히 전해오네.

漁火の一つうつれる川の面に櫓の晉しづかにきしみわたるも

• 神淑子

137

월파정 月波亭

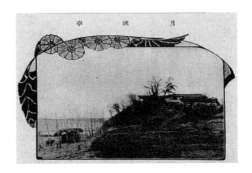

　조선 시대부터 한강 서남쪽의 노량진 부근 언덕에 존재했던 정자로 현재는 그 터만이 남아 있다. 현재 터는 서울시 동작구 노량진동 수산시장 내 15-1번지 일대로 확인된다. 월파정을 소유했던 인물로 일제강점기 때는 일본인 토목청부업자였던 아라이하쓰타로荒井初太郎(1868~1945)가 있다. 해방 이후에는 수도경찰청장을 지내고 이후 국무총리까지 역임한 장택상(1893~1969)이 별장으로 사용하였다.

새싹 틔우는 물가의 포플러는 맑고 상쾌해 차가운 돗자
리를 깔고서 보고 있네.

新芽ふく岸のぽぷらはさえざえとつめたき圓蓙敷きて眺めゐつ

• 百瀬千尋

온돌 툇마루 부처와 인왕상은 단청 떨어져 쓸쓸하게 있
구나 마당의 진달래꽃.

温突縁の佛仁王は青丹おちてさびしくいます庭つつじの花

• 同

모래연기가 하늘에 불어올라 흩어지는 그 순간 강의 뭍
부분 갈라져 물 보이네.

砂けむり空に吹き散るたまゆらは江洲分ちし水見えにけり

• 同

무성히 자란 강기슭 포플러에 바람 떨어져 모래 일으킨
강풍 강 건너 저 멀리서.

みだれ立つ岸のぽぷらに風おちて砂あふる嵐江越えてはるか

• 同

139

우이동牛耳洞

　지금의 강북구 우이동과 도봉구 쌍문동에 걸쳐 있던 마을로 뒤에 삼각산 연봉 중에 소의 귀와 같이 보이는 봉우리가 있어 쇠귀봉, 우이봉이라고 불렀는데 그 봉우리 아래에 마을이 있는 데서 이름이 유래되었다. 우이동은 당시 일본인들이 꽃놀이를 즐기러 가는 명소였으며, 1933년 4월 26일『동아일보』의「노는 날이 사흘 동안 꽃 찾을 곳 어디어디」라는 기사에도 '우이동 동양화의 일폭을 보는 것 같은 풍경이다. 높지 않고 얕지 않은 산과 들에 만개할 벚꽃은 경성보다 약 일주일은 늦을 것이라고 하나 우이동의 꽃구경은 삼십일 경이 제일 적당할 것이라고 한다' 하여 우이동을 꽃구경 명소 중 한 곳으로 언급하고 있다.

골짜기 냇가 작은 돌에 춤추는 물이 하얗게 빛이 안서 좋구나 우이동에서의 봄.

谷川の小石にをどる水白く光りてよしや牛耳洞の春

• 羽室白南

한적한 언덕 걸어가고 있는데 갑자기 노래 부르기 시작하는 얄미운 남자 있네.

閑かなる丘をし行くにうちつけに唄うたひ出すにくき男あり

• 川田順

나무에 올라 버찌를 따고 있는 남자 노래를 부르네 난삽하고 음란하기도 하다.

樹にのぼりさくらんぼうをとる男みだりがはしき唄うたふなり

• 同

풀숲에 사람 모습을 한 돌 하나 서 있어 보니 여기는 묘지의 산 쓸쓸한 느낌이네.

草のなかに石人ひとつ立つ見ればここは墓山さびしかりけり

• 同

잡초들 향기 후끈하게 오르는 계곡에 난 길 걸어올라 왔노라 더운 가을 한낮에.

雜草のいきれ匂ひたつ谿川の道のぼりきぬ秋あつき日を

• 丘草之助

산길로부터 나온 아이 더러운 손 안에 쥐고 있던 밤을 나에게 보여 주었다네.

山道よりいでこし童は汚れし手に握れる栗をわれに見せたり

• 同

　　산 속 우물로 나를 안내해 주는 벌거숭이 애 입에 가지를
물고 먹으며 걸어가네.

　　山の井にわれを導く眞裸の童子は茄子を嚙りつつゆく

• 同

　　땀 흘리면서 열심히 올라온 나 너무 즐거워 산 계곡 고인
물에 한동안 헤엄치네.

　　汗たりてのぼり來しわれはたのしくて山谿の淀にしばし泳ぎつ

• 末田晃

　　바위 표면의 따끈한 햇볕 열기 벌거숭이의 상태로 나 한
동안 드러누워 있노라.

　　岩の面の日のほとぼりにしばらくは寢ころびてをり眞裸われは

• 同

뚝섬纛島

현 광진구 자양동과 성동구 성수동1가에 걸쳐 있던 마을로 임금의 행차를 알리는 깃발인 독기纛旗를 세운 곳이라는 뜻에서 마을 이름이 유래되었다. 뚝섬에서 삼전도가 멀리 내다보였는지, 병자호란 당시 인조가 대청황제공덕비(삼전도비)를 세우고 항복한 삼전도의 굴욕을 떠올리는 노래를 볼 수 있다. 현재 뚝섬은 한강 유원지로 조성되어 활기찬 분위기이나 단카 속 뚝섬의 모습은 여름 철 매미가 울고 있는 한가로운 느낌이다.

뚝섬의 길은 끝이 나 있고 강의 기슭 방수림 매미는 시끄
럽게 울어대고 있구나.

纛島の道きはまりて江岸の防水林に蟬かしましき

• 片山誠

물이 흐르지 않는 삼전도에서 아득히 멀리 대청황제비석
이 서 있는 것을 보네.

水澱む三田の渡ゆはろかにも大淸皇帝碑石立つ見ゆ

• 同

저녁 임박해 오는 강가의 숲을 지나서 가는 아이들 손손
마다 매미 울리고 있네.

夕せまる河岸の林をすぎてゆく子らは手に手に蟬なかせをり

• 同

이조묘 李朝廟

　현 종로구 훈정동에 위치하고 있는 종묘를 뜻하며, 조선 왕조의 역대 제왕들과 왕후들의 신주를 모시고 제례를 봉행하는 유교 사당이다. 사적 제125호로 지정되었으며 1995년 유네스코 세계 문화유산으로도 등록되었다.

　화창한 해는 낮고 저쪽 이조묘 건물이 나무 사이로 보여
좋은 주거 생활이구나.
　はれし日はひくく彼方の李朝廟樹の間にもみえてよき家居なり
　　　　　　　　　　　　　　　　　　　　　• 大內規夫

삼전도三田渡

송파구 삼전동에 있던 나루터를 말한다. 조선시대 광주부 서북쪽 한강 연안에 있던 나루였으며 여주, 충주로 가던 길목이 되었다. 조선시대 한강도, 양화도, 노량도와 더불어 사대 도선장의 하나였다. 삼전도 관련 단카에 나오는 비석은 병자호란 때 인조가 남한산성에서 내려와 청 태종의 막사 앞에서 무릎을 꿇고 절하며 항복한 것을 기념하기 위해 청 태종이 세운 비석인 삼전도비三田渡碑를 가리킨다.

글이 새겨진 비석 앞쪽 여진족 글자 못 읽어도 한 글자 한 글자를 눈으로 응시하네.

碑面の女眞文字は讀めざれど一字一字に眼を凝らしたり

● 高橋豊

비석에 새긴 용의 머리가 살아 부르는 듯해 화창한 아침 하늘 구름 솟아 있구나.

碑に刻む螭が生きて呼ぶ如し朝晴れ空に雲たちにける

● 同

봉은사奉恩寺

봉은사는 신라 원성왕 10년(794년)에 연회국사가 창건한 사찰이 었는데 선릉 자리에 있던 것을 조선 명종 17년(1562년) 때 현재의 자리로 옮겨오고부터 봉은사라 불렀다. 절의 분위기는 단카의 과 거 분위기와 마찬가지로 경건하며 깨달음을 얻을 수 있는 신성한 공간으로 여겨졌는데, 현재는 도심 한가운데 자리하게 되어 현대 적인 주변 경관과 대조를 이룬다.

올려다보면 파란 둥근 모양의 보리수 열매 풀잎 안쪽 처 지고 꽃이 자리 차지해.

見上ぐれば青きつぶらの菩提子は葉裏に垂れて花の位置占む

　　　　　　　　　　　　　　　　　　● 高橋珠江

석가모니가 불멸의 깨달음에 달하였을 때 이 보리수가
눈을 적시어 오는구나.

釋迦牟尼の不滅の悟いたるとき目にし泌みけむこれの菩提樹

● 同

물고기의 눈 감길 일도 없다는 가르침대로 목어가 커다
랗게 매달아져 있구나.

魚の目の閉づるときなき誠に木魚大きく吊るされてあり

● 同

주위의 벽에 십대지옥의 그림 으스스하여 어두운 불당에
서 눈을 감아버렸네.

周壁の十大地獄繪心寒く暗き御堂に目を伏せにけり

● 同

개운사開運寺

　현 성북구 안암동에 있는 절로 1396년 무학대사가 현재 고려대
학교 이공대학 부근에 창건하여 영도사라고 하였던 것을 1779년
인파당仁波堂 축홍竺洪 스님이 지금의 자리로 옮기고 개운사라 개명하
였다. 개운사는 20세기 이후 한국 교육불사와 불교의 진보적인 운
동을 주도해온 한국 불교 개혁의 근원지로 아담한 가운데 운치를
느낄 수 있는 절인데, 단카 속 개운사의 모습 또한 이와 닮아 있다.

　까치가 우는 소리 들리는 산사 점심 식사를 부탁해 놓고
서는 드러누워 있노라.

　　鵲の鳴く聲きこゆ山寺に晝餉たのみてねころびをれば

　　　　　　　　　　　　　　　　　　　　　● 中島哀浪

150

큰 소리모양 새 일본 우산 위로 개운사 내의 소나무 물방
울이 떨어지는 소리나.

あたらしき虹の目の傘に開運寺の松のしづくはおちて音すも

● 岡嶋沙東

산 속 절에서 낮이 깊어갈 때에 마당 앞에는 백일홍이 만
발해 어지럽게 피어 있네.

山寺の晝ふかくして庭先の百日紅は咲きみだれをり

● 市山盛雄

산사에 있는 연못 안 연꽃잎에 소리를 내며 비가 아주 심
하게 내리기 시작했네.

山寺の池の蓮葉に音立てて雨のはげしく降りいでにけり

● 同

동네 사람에게 자동차 부탁하고 갑자기 내린 비를 피하
고 있네 회화나무 그늘에.

邑人に自動車をたのみ降りいでし雨をさけゐる槐のかげに

● 同

돌베개 삼아 구름이 돌아오길 기다린다는 이 산속 절 주
련에 적혀 있는 글귀네.

石を枕に雲の歸るを待つといふこの山寺の柱聯の文句

● 市山盛雄

151

봉각사鳳閣寺

1907년 지금의 회현동 1가에 본당이 건립되었고, 일본 헤이안
시대平安時代(794~1192년) 초기 승려인 고호대사弘法大師(774~835년)를
본존으로 삼은 절이다. 수백 명의 일본인, 조선인 신도가 있었다
고 한다. 단카에 나오는 호마護摩는 밀교密敎에서 행하는 비법의
하나로 부동명왕不動明王 앞에서 불을 피워 재앙을 불태워 없애는
의식을 가리킨다.

세상에 지친 이야기도 안 하고 봉각사에서 호마 수법 불
꽃을 만나겠다 왔노라.

世疲れの語らひもなく鳳閣寺護摩の炎に會ふと來にけり

　　　　　　　　　　　　　　　　　　　　　　　● 横失武男

경국사慶國寺

　서울시 북한산 남동쪽 기슭에 있는 절로 조계사曹溪寺의 말사末寺이다. 1325년에 고려의 정자淨慈가 창건하여 청암사靑巖寺라 하고, 1331년에 증축을 거쳐 1546년에 왕실의 도움으로 보수와 증축을 거쳐 경국사라 칭하게 되었다. 경국사 관련 단카는 당시 경국사를 찾은 자의 생생한 관찰과 감상을 그대로 옮겨놓고 있다.

　산속 절 땅을 파서 만든 우물의 얼음을 깨고 물일을 하는
것은 절의 비구니인가.
　山寺の堀井の氷うち裂きて水仕をせるは寺のをみなか

● 市山盛雄

절에 올라와 불당을 보노라니 현란한 색채 벽화의 용 바
다를 건너려 하는구나.

のぼり來て御堂をみれば極彩の壁畵の龍は海を越ゆところ

• 同

산신각에서 소박하게 그려진 전설의 화상 바라보고 있자
니 달마대사로구나.

山神閣に描く素朴な伝説の畵像をみれば達磨大師なり

• 同

흥천사興天寺

   서울 성북구 돈암동에 있는 절로 조계사의 말사末寺이다. 1397
년에 조선 태조 이성계의 계비 강씨의 명복을 빌고 정릉貞陵을 보
호하기 위해 그 동쪽에 창건하였으며 이후 여러 차례 보수를 거
쳤다. 1794년 돈암동으로 옮겨진 이후에도 여러 차례 증축을 거
쳐 지금의 모습을 갖추게 되었으며, 단카 속에서는 청각으로 흥
천사의 분위기를 재현해내고 있다.

곳곳에 눈이 녹은 소나무 산에 아이들 낙엽 긁어 모은다
하며 흩어져서 있구나.

斑雪の松山なだりに童等が落葉を搔くとちらばりゐたり

• 市山盛雄

산 속의 절로 오고가는 완만한 언덕의 길을 올라서면 들
리는 돌 깎아내는 소리.

山寺へ通へる道のなだら坂のぼりてをれば石を切る音

• 同

납작 엎드려 절을 하는 여성의 모습 보면서 극락전 판자
를 깐 마루 위에 앉았네.

平伏せるをみなのしぐさみつつをり極樂殿の板敷の上に

• 同

조선의 중이 소리 내 읽고 있는 원문의 소리 겨울의 찬
하늘에 맑고 차분히 들려.

鮮僧の讀みあげてゐる願文のこゑ寒空に冴えてしづけし

• 同

약사사藥師寺

(京98)　THE YAKUSHIJI. OF TOSYOMON.　京城東小門外藥師全寺鳧　(所名朝鮮)

　현 서울 성북구 정릉2동 637번지에 있는 사찰로 대한불교 조
계종 직할교구 본사인 봉국사奉國寺를 말한다. 조계사의 말사末寺이
다. 1395년에 무학대사가 조선의 무궁한 발전을 기원하기 위해
창건하였다. 창건 당시에는 약사불을 모셔 약사사라 불렀으나
1669년(현종 10년)때 나라를 받드는 절이라는 뜻으로 봉국사라 불
렀다. 경내에는 주법당인 만월보전, 천불전, 명부전, 독성각, 용왕
단, 광응전 등의 건물이 있다.

흘러 넘쳐서 완만하게 흐르는 물 그대로가 얼어서 허옇구나 산 속의 작은 냇물.

もりあがりゆたに流れのそのままを凍らしてしろし山の小川は

• 市山盛雄

올라와 보니 늘어서 있는 집들 위로 저 멀리 광응전 건물 채가 나무 사이로 보여.

のぼり來れば家並の上にはろかなる光膺殿の木がくりにみる

• 同

목탁의 소리 독경하는 목소리 한국적이네 옛날식일까 하여 틈새로 엿보는 나.

木魚の音讀經のこゑ韓ぶりし古式にやあらむと隙見すわれは

• 同

이곳저곳의 절 주변으로 햇볕 쪼이고 있는 지게들이 무언의 정서를 자아낸다.

ところどころ寺のまはりに干されあるチゲが無言の情緒を誘ふ

• 同

158

망우리고개忘憂里峙

망우산 북쪽 능선에 있는 고개로 옛날부터 서울로 들어오는 동부 관문이었다. 망우리고개라는 지명은 조선 태조 이성계李成桂가 조선 개국 후 묏자리를 정하기 위해 고심하다가 동구릉의 건원릉健元陵터를 유택지로 정하였다 돌아오는 길에 이 고개 위에 이르러 잠시 쉬면서 주위의 산천기세를 둘러보고 오랜 동안의 근심을 잊게 되었다 하여 유래한 것이라 전한다. 망우리고개에서 드라이브를 즐기는 모습이 그려진 단카는 아직 전근대적 풍경과 현대적 풍경이 혼합되어 있어 이색적이다.

개폐 손잡이 핸들을 잡고 있는 창밖으로는 하얀 글자로
Z란 기호 표식 보이네.

開閉ハンドルにつかまる窓外に白文字Zは記號標式はみゆ

● 末田晃

콘크리트로 만든 자동차 전용 도로 위에서 드라이브 즐
기네 봄날 망우리고개.

コンクーリトの自動車專用道路にドライブを樂む春の峠に

● 同

강기슭을 높게 하여 이어진 큰 길의 먼지 부추 심은 밭으
로 가라앉고 있구나.

河岸をたかめてつづく街道の埃はしづむ韮の畑に

● 同

160

도봉산道峯山

현 서울특별시 도봉구와 경기도 의정부시 및 양주시에 걸쳐 있는 산으로 망월사, 천축사, 원통사 등 크고 작은 사찰과 도봉 서원 등의 명소가 있으며, 우람한 기암괴석과 뾰족이 솟은 바위 봉우리들이 장관을 이루고 있다. 또한 계곡과 숲길, 유명한 송추폭포 등이 자아내는 비경으로 연중 등산객의 발길이 끊이지 않는다.

눈앞에 바로 천축사가 보이네 백여 년 세월 흘렀다는 백단의 향목 이것이구나.

目の前に天竺寺みゆ百餘年經たる白檀の香木はこれ

● 相川熊雄

161

몇 번씩이나 목을 축여도 계속 갈증이 나는 것 못 참고
마시는 산골짜기 시냇물.

幾度か咽喉うるほせどなほ迫るかわきに堪へで飮む岩淸水

• 同

원료를 물에 풀어 뭉치고 있는 야외의 종이 만드는 작업
장에 풍기는 밤꽃 향기.

原料を水にとかすと揑ねてゐる露天製紙場に匂ふ栗の花

• 石井龍史

멀리서부터 우리들 보고 있는 부락 아이들 벌거벗고 바
위에 쭈그려 앉아 있네.

遠くより我らみてゐる部落の子眞裸にして岩にしやがめる

• 同

물이여아 물이여 흘러 흘러 여기에 도달했으니 폭포가
돼야 하는 운명이로다 물은.

水よ水流れてここにいたりなば瀧となるべきいのちぞ水は

• 岸光孝

앞서 올라간 사람이 떨어트린 돌멩이들은 다시 튀어 오
르네 살아 있는 것처럼.

先にのぼりし人の落せる石ころは落ちはずみたり生あるごとし

• 眞能露子

댑싸리들이 무리지어서 피는 여기부터는 여울 흐르는 소
리 울림도 드높구나.

山萩のむらがり咲けるここよりは早瀨の音のひびきたかしも

• 同

천축사 경내 불당 안쪽이 약간 어두워 있고 불상이 몇 구
인가 늘어서 계신 것 보이네.

天竺寺のみ堂の中はうすぐらく佛幾體か並みおはすみゆ

• 牟田口龜代

약수 마시러 온 바위굴에는 풀고사리의 잎사귀가 나 있
어 차가움 더하구나.

藥水を呑まむと來りし岩窟は齒朶の葉生ひて冷えしるきかも

• 同

부처님 가슴 불룩하고 굵은 선 마치 맥박이 뛰고 있는 것
처럼 도드라져 있구나.

み佛の胸のふくらみ線太く脈うつ如くもりあがりをり

• 岡元璃輝治

사자담에서 얼굴을 씻은 다음 올려다보는 사자바위 턱
쪽에 햇빛의 아지랑이.

獅子潭に顔をあらひてうち仰ぐ獅子岩のあごに日のかげろへり

• 名越湖風

관악산冠岳山

관악산은 서울시 관악구 신림동과 경기도 안양시, 과천시의 경계에 걸쳐 솟아 있으며, 기묘한 바위 봉우리들이 숲과 어우러져 난립하고 깊은 계곡과 험한 산세를 이루고 있다. 정상의 원각사와 연주암을 비롯하여 크고 작은 사찰과 암자가 자리하고 있으며, 관악산 관련 단카들은 검은 바위로 이루어진 관악산의 웅장한 모습을 생생하게 전달해주고 있다.

관악 바위산 삼가 오르면서도 힘겨워 하며 산 속에 있는 사당 올려다보는구나.

冠岳の巌かしこみあへぎつつ山の祠をあふぎみるかも

● 小幡秀男

164

법당이 낡아 모습 드러나 계신 부처님 존안 애처로워 보
이고 너무 오래됐구나.

堂朽ちてあらはにいますみ佛の尊顔はあはれ古りいけるかも

● 同

관악산 꼬리 위쪽 하늘 검붉게 물들어가고 저녁에 끼는
구름 가득 몰려와 있네.

冠岳山の尾の上の空は茜して夕の雲のたむろせりけり

● 高橋伊和子

산 속 절 마당 끌어다 댄 대나무 홈 속의 물은 눈이 녹은
듯하다 약간 탁해 있어.

山寺の庭に引きたる筧の水雪消すらしも少し濁れる

● 石井龍史

장마가 끝나 맑게 갠 관악산의 꼭대기 색채 더욱 두드러
지게 거뭇거뭇해졌네.

梅雨ばれの冠岳山の頂はいろいちじるく黒くなりけり

● 草野白羊

이태원梨泰院

　현재 서울의 외국인이 많이 찾는 번화가로 관광명소가 된 이
태원은 일제강점기 때는 일본인 전용 거주지로 조성된 곳이다.
또한 일제강점기에 이곳에는 미아리, 이문동, 만리동, 여의도, 연
희동 등과 함께 공동묘지가 마련되어 있었다. 이곳을 노래한 단
카들에서도 볼 수 있는 '묘산墓山', '묘지墓地', '묘墓' 등의 단어에
서 전해져 오는 당시 이태원의 모습은 현재 글로벌한 명소가 된
이태원의 모습과는 대조되는 분위기를 느낄 수 있다.

묘지 있는 산 나 넘어서 왔더니 소나무 새로 보이는 한강의 물 창백한 서리 앉네.

墓山をわが越えくれば松の間に漢江の水は蒼くすみをり

• 淵上道雄

묘표에 있는 필적은 모두 같아 이 묘지 묘표 적었던 사람은 나이 많아졌겠지.

墓標の筆跡はみな同じこの墓地の墓標筆者は老いてぞあらむ

• 同

날 저무는 때 구름이 어두워진 그 짧은 순간 묘지로 달려가 보니 쓸쓸한 마음 솟네.

戻りゐる雲かげくらきつかの間も墓かげゆけば寂しさのわく

• 同

167

서빙고西氷庫

현 용산구 서빙고동에 있던 마을로서 조선 초기부터 국가에서 사용하는 얼음을 저장해 둔 빙고의 서쪽에 있던 마을인 데서 이름이 유래되었다. 1914년 경기도 고양군 한지면 서빙고리가 되었다가, 1936년 경성부에 편입되면서 서빙고정町으로 바뀌었다. 1943년 용산구에 속하였고 광복 후 1946년 서빙고동이 되어 오늘에 이르고 있다.

모래벌판은 하얗게 이어지네 그 끝자락에 한강의 물줄기는 거무스름히 보여.

砂原は白くつづけりそのはてに漢江の水はくろずみて見ゆ

● 瀧本晃輔

168

하늘 뒤덮은 구름의 어느 한 곳 햇빛 새나와 저쪽 편 기
슭 물이 하얗게 반짝이네.

空おほふ雲のひとところ日は洩れて對岸の中洲白く光れり

• 同

169

청량리清涼里

郊外・菁凉里

청량리의 동명은 이 지역에 비구니 도량으로 유명한 청량사淸凉寺라는 사찰이 있는 데서 유래하였다. 청량리를 노래한 단카에는 붉게 칠한 왕릉이 등장하는데 이는 홍릉洪陵이라 불리던 명성왕후의 능으로 평온한 분위기에 왕릉의 엄숙함을 노래한 단카들이 조화를 이루고 있다.

어린 소녀들 치맛자락 날리며 공차기 노래 부르며 노는
데에 정신이 팔린 대낮.

小女子の裳裾みだれて蹴毬唄あそびほけつつ晝はさかりなり
　　　　　　　　　　　　　　　　　　　　　　　　• 末田晃

170

산에서 날은 저물어오고 왕비 사당 보면서 지나가니 마을이 갑자기 조심스러워.

山の日の暮るる妃廟みすぎつつ心はとみにつつましきかも

• 同

산 깊은 곳의 연못가 주변에서 정착해 사는 아름다운 소녀가 닭을 쫓고 있구나.

山深き澤邊に人の住みつきて美しき小女が鷄追ひてをり

• 橫矢武夫

음력 팔월 날 여동생과 놀았던 청량리 마을 버드나무 자랐던 강물도 말랐구나.

葉月の日妹とあそびし淸涼の柳生の河も水涸れにけり

• 神尾弌春

나무 사이로 통해 보이는 붉게 칠한 능이네 쥐죽은 듯 고요해 매미 한 마리 없다.

木の間透きてみゆる丹塗の陵やひつそりとして蟬ひとつなけり

• 宇野田翠子

씨앗 빼내려 마당에서 말리는 솔방울들에 귀 기울여 희미한 소리를 듣고 있네.

種とると庭にほしたる松かさのかそけき音をききとめにけり

• 松村桃代

왕릉을 향해 가는 길이로구나 소나무 숲에 움직인달 것 없는 바람이 깃들었네.

王陵へいゆく道なり松林うごくともなき風こもりたる

• 高橋珠江

171

하얀 제비꽃 따서 모으며 계속 생각에 잠긴 따뜻한 사월
의 봄 나의 청량리 마을.

白すみれ摘みためにつつものおもふ陽春四月わが淸涼里

　　　　　　　　　　　　　　　　　　　　　　● 草世木輝子

풀어둔 나귀 쓸쓸하게 있구나 푸른 풀 속에 서 있는 것을
매미 떠들썩하게 우네.

放ち驢馬さみしくあらむ靑草の中にたてるを蟬かまびすし

　　　　　　　　　　　　　　　　　　　　　　● 相川熊雄

청량리 전차 종점 역에서 내려서서 있으니 가로수 아득
한데 매미 우는 소리네.

淸涼里の電車終點おりたてば並木はるけき蟬の聲かも

　　　　　　　　　　　　　　　　　　　　　　● 寺田光春

작은 시냇물 고요하게 흐르는 소리 초원의 풀에 스미는
것을 들으면서 서 있네.

せせらぎの音ひそやかに草原にこもるをききてたちをり

　　　　　　　　　　　　　　　　　　　　　　● 牧山好子

산 속 깊은 곳 와서 듣게 되었네 고요한 숲속 울리며 떨
어지는 물방울의 소리를.

山ふかく來てききにけり靜かなる杜にひびきて落つる水音

　　　　　　　　　　　　　　　　　　　　　　● 土生喜代子

붉게 칠을 한 오래된 불당 비추는 가을 햇볕은 고요하고
소나무 사이 스치는 바람.

丹塗なる古き御堂にてる秋日しづやかにして松風わたる

　　　　　　　　　　　　　　　　　　　　　　● 鶴靑茱

172

한창 더운 숲 속에서 솟아난 샘물에 참외 차갑게 만들어서 남편과 함께 먹네.

眞晝間の林のなかの湧水に眞瓜冷やして夫と喰ふべぬ

● 丘一代子

연못 수면 위 연꽃은 풍요롭고 둥둥 물에 떠 흔들리는 푸르름 아침이 오고 있네.

池の面の蓮の豊けさゆらゆらと搖るる青さに朝は來にけり

● 三井鶴吉

청량사淸凉寺

청량사는 천장산天藏山 남쪽 기슭에 자리한 비구니 도량으로 예부터 청량리동 청량사, 보문동 보문사, 옥수동 미타사, 숭인동 청룡사와 함께 사대 비구니 도량으로 유명하였다. 원래 청량사와 돌꽂이 승방은 별개의 절이었으나, 1895년 명성황후가 시해된 이후 홍릉이 조성되자 홍릉 자리에 있던 청량사를 현재의 위치인 동대문구 청량리1동 61로 옮기게 되면서 사세가 기울고 있던 돌꽂이 승방도 이때 합병되었다고 한다. 청량사가 비구니들의 절이었던 만큼 단카 속에서도 당시 여승들의 모습이 등장하고 있음을 확인할 수 있다.

비구니 절의 여승 쓸쓸하다고 술을 판다며 교태를 보이면서 있지는 않는구나.

尼寺の尼さびしもよ酒賣るとこびを見せつつゐたりけらずや

• 市山盛雄

손님으로 온 우리들 앞을 지날 때에 저절로 여승은 손을 합장하고 지나가고 있구나.

客人のわれらの前をゆくときしおのづから尼は掌を合せ通る

• 同

온돌 방 안에 불단을 갖추어서 적적할 때는 공손히 손을 모아 절을 올리겠구나.

溫突に佛壇かまへてありにけりさびしきときはをろがむならむ

• 同

비구니의 절 소나무 숲의 바람 맴도는 입구 삿포로 맥주병이 문 사이로 보였네.

尼寺の松風すめる入口にサツポロビールの門見えにけり

• 名越湖風

청량사에서 부처님 앞인 것을 개의치 않고 비구니 요리하며 우스개 노래 불러.

清涼寺佛の前を憚らず尼の料理にざれ歌うたひ

• 石井柏亭

신촌新村

신촌의 동명은 조선시대에 '새터말'이라 부르던 것을 한자로 신촌新村이라 표기한 데서 유래하였다. 신촌은 일제강점기 때에는 신촌리新村里로 불리었으며 광복 후 서대문구 신촌동이 되었다. 현재는 대학가로 언제나 북적이는 곳이지만 단카 속 신촌의 모습은 한적하고 평화로운 전원 풍경을 떠올리게 한다.

산을 넘어 온 골짜기에 들국화 흐드러지게 꽃 피우고 낮 시간 고요하게 되었네.

山を越えて來し谷あひに野菊の花亂れ咲きつつ晝ひそかなり
　　　　　　　　　　　　　　　　　　　　　　　　● 君島夜詩

줄무늬를 한 언덕을 내려와서 누렇게 물든 벼들이 고개 숙인 논 가운데로 왔네.

だんだらの丘くだりきて黄ばみたる稲のたりほの中に出でたり

* 同

와우산 정면 마주보도록 지은 집의 그대네 마당에서는 닭이 노니는 모습이네.

臥牛山ま向ひにして建つ家の君が庭には鶏あそび居り

* 高橋珠江

터널 속에서 잠시 익숙해지는 어둠 속 눈에 끝도 없이 보이는 푸르른 신촌 언덕.

トンネルのしましの暗になれし眼にしみらに青し新村の丘

* 鎌田縫子

영등포永登浦

현 서울 한강의 이남 중 영등포구 및 과거 영등포구에 속했던 지역들의 총칭을 이른다. 대한제국말기 신식 교통수단인 철도가 영등포를 지나고, 영등포역이 설치되면서부터 일약 교통의 중심지가 되었다. 현재는 번화가로 이름난 영등포이지만 단카 속 영등포는 딱따구리가 울고 벌판과 논두렁이 펼쳐져 있던 소박한 마을이었음을 알려주고 있다.

기차 내리니 길에 바로 이어진 눈 쌓여 있는 너른 밭 안으로 계속 이어졌구나.

汽車おりて道はただちに雪つもる畑原のなかへつづきたるかも

● 橫矢武男

뒤돌아보니 마을엔 어슴푸레 달빛 비치네 딱따구리 우는
두렁 애들과 돌아가네.

かへり見れば邑はほのけき月明りけら鳴く畦を兒らと歸れり

• 宇野田翠子

오류동梧柳洞

오류동 동명은 예부터 오류동 123번지 일대와 그 서쪽에 오동
나무와 버드나무가 많이 심어져 '오류꿀'이라 불렸던 데서 유래
되었다. 단카 속에서도 자연의 정취가 풍부하고 향기로움이 느껴
지는 노래들이 동명의 유래를 떠올리게 한다.

오류동 산 속 깊이 있는 풀더미 헤치고 가는 나를 둘러싸
고는 벌레 몹시도 우네.

梧柳洞のみやまの奥のくさむらを行く身をかこみ虫鳴きしきる

　　　　　　　　　　　　　　　　　　　　• 茅野掠男

새빨갛게도 찔레꽃 무성하게 담에 피었네 문 열어둔 방
에는 환하게 밝기도 해.

赤々と垣の野薔薇は咲き盛り開けし座敷のあかるさに居る

　　　　　　　　　　　　　　　　　　　　• 牟田口利彦

아득하게 먼 산자락 달려가는 트럭의 먼지 뿌옇게 이는
모습 보여서 쓸쓸하다.

遙かなる山裾を行くトラックの埃しろじろと見えてさびしき

　　　　　　　　　　　　　　　　　　　　• 同

180

목욕을 하고 샛길을 따라가니 밤꽃의 좋은 향기가 감도
는 낮 고요한 때로구나.

　湯浴みして小徑を行けば栗の花薫りただよふ晝の靜けさ

• 同

『단카短歌로 보는 경성 풍경』 해설

엄 인 경

‖ 서울에 얽힌 이중의 기억

우리에게 여러 차원의 의미에서 일제강점기 피식민의 기억은 아직 현재진행형이다. 대한민국의 수도 서울 역시 '경성'의 흔적을 완전히 떨어내지도, 복원하지도 못한 채 여러 형태로 기억 혹은 망각하고 있다. 이 책은 그 기억 및 망각, 그리고 어떤 문학적 기록에 관한 것이다.

그 기억이란 두 가지이다. 하나는 근대 도시 '경성'이 덮어버린 조선의 도읍 '한양'에 대한 기억, 또 하나는 지금 서울 속에 잔영을 드리운 근대 식민지 도시 '경성'에 대한 기억.

이 책 『단카短歌로 보는 경성 풍경』을 통해 일제강점기 경성의

명소들을 읊은 단카를 읽으며 그 안에 묻힌 한양과 한성의 파편
을 더듬어볼 수 있을 것이며, 독후감으로 지금의 서울에 내재된
약 백 년 전의 경성을 떠올릴 수 있을 것이다. 다음의 내용을 살
펴보면서 단카라는 일본 특유의 전통시가가 어떻게 경성의 이 두
기억을 담아내고 표상했는지 이해해 보자.

‖ 한반도에서 창작된 수많은 일본어 전통시가

개항 이후 19세기 말엽부터 한반도에는 일본인들이 거류하기
시작했고 20세기 이후 일본에 의해 한국이 강제 병합되면서 일
본인의 인구도 비약적으로 늘어갔다. 거류지를 중심으로 일본인
들은 일간지, 월간지 형태의 일본어 매체를 만들어 나갔고, 이러
한 매체에서 일본인 커뮤니티 내의 정서 공유와 결속력, 경우에
따라 우월감을 고취할 목적으로 일찍부터 문예 관련 코너가 마련
되었다. 그런데 문학적 향기가 가장 두드러지는 이 코너의 핵심
은 단카와 하이쿠俳句, 센류川柳 같은 일본 전통의 단시短詩 장르였
다. 어쨌든 1910년 이전부터 1945년 종전에 이르기까지 한반도에
서는 엄청난 양의 일본어 전통시가가 창작되었고, 이 점은 지극
히 최근이 되어서야 주목받게 되었다.

초기에 지협적으로 발생하여 소규모로 활동하던 문학결사들은
점차 회원을 늘여갔고, 가장 저변이 확대되었던 하이쿠 쪽은 19
10년대에 이미 전문잡지를 발간하며 한반도 전체에 네트워크를

구축하여 문단文壇, 즉 하이단俳壇이라 부를 만한 것이 형성되었다. 단카 쪽도 1920년 이전에 많은 창작이 있었지만 체계적인 전문 잡지 발간 시스템을 갖추고 가단歌壇 의식이 확고해지는 것은 1920년대에 들어서면서다. 바로 잡지 『버드나무ポトナム』와 『진인 眞人』의 등장이다.

이 두 잡지는 근대 가인歌人들로는 일가를 이루었다고 할 수 있는 일본인들이 1920년대 전반기에 경성에서 창간을 했고, 전후까지 일본에서 상당히 오랫동안 주요 단카 잡지로 명맥이 유지되었다는 공통점을 갖는다. 또한 이 잡지들은 한반도의 단카를 대표하고자 서로 경합했으며, 일찌감치 '조선의 노래'를 강력히 표명하는 데에 성공한 『진인』이 결국 한반도 가단의 중심에 서게 되었다. 즉 『진인』은 조선의 단카를 자신들이 짊어진다는 대표로서의 사명감을 갖게 된 것이다.

‖ 진인사眞人社와 『조선풍토가집朝鮮風土歌集』

『진인』은 먼저 결성된 경성 진인사와 후발로 결성된 도쿄 진인사가 협력하는 형태로 오랫동안 간행되었는데, '반도 가단의 개척자'라 일컬어지던 이치야마 모리오市山盛雄가 조선에 재주하던 1930년까지는 경성 진인사가 압도적으로 주도하는 형세였다. 그것은 이치야마가 기획한 『진인』의 여러 특집 때문이라고도 할 수 있는데, '제가諸家들의 지방 가단에 대한 고찰'(1926년 1월), '조선 민

185

요의 연구'(1927년 1월), '조선의 자연'(1929년 7월) 특집호를 통해 진
인사는 조선의 전통 문화나 문예에 대한 조예를 적극적으로 드러
내면서 조선통通으로서의 위치를 확보하였다.

이 책에 수록된 경성을 노래한 단카들은『조선풍토가집』에서
발췌한 것이다.『조선풍토가집』은 진인사가 창간 12주년을 기념
하여 1934년 펴낸 한반도 최대 규모의 가집으로, 1930년대 전반
에 네 개 이상의 유파들이 경합하며 활황이던 한반도의 단카 문
단이 '조선'과 '풍토'라는 키워드로 총집산된 한반도 단카의 결산
이라 할 수 있다.

‖ 일본인 가인歌人들이 그린 경성

이 책에 수록한 경성을 노래한 단카들에서 몇 가지 특징을 거
론할 수 있다.

우선은 일본인의 자의식이 일과성一過性의 것이냐, 정주자定住者
로서의 그것이냐에 따른다. 즉 눈에 띄는 것은 여행자로서 경성
을 찾은 일본인들이 품는 이국정서, 즉 오리엔탈리즘적 시선이
다. 남대문이나 경성역을 노래한 단카들에서 볼 수 있듯이, 조선
문화의 드높음과 흰옷을 입은 조선의 여인들, 그리고 거리의 불
결함에 대해 일정 거리를 두거나 혹은 체험하듯 참가하며 활사하
고 있다. 이에 비해 재조일본인들, 즉 조선에 생활자로서 살며 경
성을 자신들의 도시로 삼고자 한 자들의 의식은, 1925년 세워진

조선신궁이나 남산신사, 혹은 이토 히로부미를 모신 박문사를 소재로 한 것에서 두드러진다. 재조일본인들은 경성에서의 자신들이 삶에 대해 감정적으로는 불안과 초조감을 품었고, 이미 사라진 '이조李朝'에 대해서는 애잔함, 쓸쓸함, 한탄의 정서를 주조로 묘사한다.

두 번째로 여기 단카들에서는 '한성'이 '경성'으로 되면서 사라진 혹은 이전하거나 변모한 것을 어떻게 보고 무엇을 연상하고 있는가의 입장차이다. 예를 들어 철도호텔로 시작된 조선호텔은 고종이 하늘에 제사를 드린 환구단을 허물고 세운 것인데, 해당 단카들에서 이 호텔을 보는 재조일본인들의 격세지감이 잘 드러난다. 또한 사라질 위기에서 우여곡절을 겪고 이전하게 된 광화문 관련 단카에서도 한국을 대표하는 궁궐 풍경을 이제 보기 어렵다는 감상이 보이는 등, 일제에 의해 근대화라는 명목으로 바뀌는 모습에서 사라진 옛 조선 고유의 것을 오버랩시키는 시점이 있다. 그 한편으로 남산의 왜성대倭城臺나 지금의 소공동인 하세가와마치長谷川町처럼 지명 자체가 임진왜란 때의 왜장倭將이나 조선군사령관이자 무단정치의 주역이었던 하세가와 요시미치長谷川好道와 직결되어 일본의 한반도 지배의 상징적 인물들을 상기하기도 한다. 덕수궁에서 왜장을 떠올리고 경복궁에서 살해된 명성왕후를 떠올리는 노래들 역시 이와 관련된 맥락이라 하겠다.

세 번째로 전근대와 근대의 생활양식이 혼재된 경성의 도시상이 현장감 있게 그려진 점이다. 조선 임금의 공간이던 왕궁은 창경궁이 창경원으로, 창덕궁 후원이 비원으로 격하된 것처럼 공원으로 조성되어 유원지화하거나, 북한산이나 관악산의 오래된 사찰들 역시 일본인들이 조선의 전통을 맛보는 행락지가 된 것을 단카로 알 수 있다. 그러면서 이때의 도시 대중들은 새로운 소비 공간인 미쓰코시, 조지야, 미나카이라는 경성의 삼대 백화점에서 쇼핑을 즐겼고, 그 백화점 옥상을 고단한 생활의 쉼터로 활용하며 지저분한 백화점 뒷마을을 내려다보기도 한 모양이다. 간혹이었겠지만 지요다 그릴이나 조선호텔 내의 요릿집에서 양식을 즐기기도 하고 댄스 파티와 같은 모던한 연회에도 참석하며, 새로이 등장한 강력한 대중매체인 JODK(경성방송국)의 라디오에 귀를 기울였다.

이렇게 대도시 경성은 일본인과 조선인, 전근대와 근대, 조선의 전통과 외래의 문물이 혼합된 거대한 용광로 같은 공간이었다. 일제강점기를 거치며 독립운동가들의 회합 장소였던 취운정은 약수대가 되었고, 대일감정을 악화시킬만한 초혼단은 공원으로 탈바꿈했으며, 어떤 한옥집 별장은 청일전쟁이라는 국제전에서 일본이 전승을 거두는 계기가 되어 보통명사가 아닌 고유명사로서의 노인정이 되었다. 또한 경복궁 앞에는 당시 동양 제일의 건축물이라 일컬어지는 조선총독부가 제국의 위용을 드러내며, 동시에 주변경관과 지극히 불협화음을 이루며 자리잡게 되었다.

188

최근의 인상적인 연구서 『상상의 아테네 베를린·도쿄·서울』(전진성, 천년의상상, 2015년)에 따르면 경성의 심장부에 선 이 건축물에는 그리스의 아테네를 꿈꾼 독일과 독일의 도시 체제를 수용한 일본의 욕망까지 내재되어 있다는 것이다.

이러한 위화감과 근대 수도의 복잡한 계보성이 당시 경성 풍경의 핵심일지도 모르겠다. 이 책에 수록된 장소와 얽힌 단카들을 읽어가다 보면 지금의 서울 구석구석에 위치한 경성 시절의 기억이 새롭게 눈에 들어온다. 서울의 도시사학都市史學은 학문적으로 많은 달성을 이루었지만, 약 70여 년의 시간 동안 일제강점기를 불식시키려는 다양한 주체들에 의한 여러 시도로 인해 분명 공백 또한 존재한다. 당시 한반도에서 대량으로 창작된 단카라는 일본어 문학 텍스트가 생생히 그려낸 근대 대중 생활공간 경성의 모습이 조금이나마 그 공백을 메우는 데에 도움이 되기를 바라마지 않는다.

사진 출처

- **wikipedia 揭載畫像**

  경성역, 남대문, 조선신궁, 남대문통, 조선은행, 정관각, 오곤마치통, 혼마치 대로, 미나카이, 미쓰코시, 조지야, 박문사, 창경원·비원, 박물관, 조선총독부, 서대문, 파고다공원, 경학원, 동대문

- **부산시박물관 소장 일제강점기 엽서자료**

  경성 제2고등여학교, 프랑스 교회, 남산, 남산신사, 왜성대, 조계사, 장충단, 경복궁, 경회루, 덕수궁, 광화문, 북한산, 세검정, 의주통, 종로, JODK, 동소문, 광희문, 경성운동장, 대학병원, 한강, 우이동, 이조묘, 약사사, 청량리

- **역자 촬영**

  약수대, 조지리, 조선호텔, 서빙고, 개운사, 경국사, 홍천사, 청량사, 망우리고개

- **일제강점기에 한반도에서 간행된 잡지 게재 사진**

  하세가와마치, 지요다 그릴, 와카쿠사마치 통, 노인정, 동사헌정, 호라이초, 백운장, 금융조합협회, 청계천, 신당리, 월파정, 뚝섬, 삼전도, 봉은사, 관악산, 이태원, 신촌, 영등포

참고문헌

京城協贊會 編, 『京城案內』, 京城協贊會, 1915.

朝鮮佛教中央教務院 編, 『(朝鮮寺刹)三十一本山 寫眞帖』, 朝鮮佛教中央教務院, 1929.

大陸情報社, 『京城と仁川』, 1929.

中央情報鮮滿支社編, 『大京城寫眞帖』, 中央情報鮮滿支社, 1937.

한국방송공사, 『한국방송사』, 한국방송공사, 1971.

서울특별시사편찬위원회 편, 『서울六百年史第4卷 : 1910~1945』, 서울특별시사편찬위원회, 1981.

손정목, 『(韓國開港期) 都市社會經濟史硏究』, 일지사, 1982.

손정목, 『(韓國開港期) 都市變化過程硏究 : 開港場·開市場·租界·居留地』, 일지사, 1982.

이재영, 『(서울 정도 600년) 사진으로 본 '서울의 어제와 오늘'』, 서지원, 1993.

국어국문학편찬위원회, 『國語國文學資料辭典 上 : ㄱ~ㅅ』, 한국사전연구사, 1994.

정운현, 『서울시내 일제유산답사기』, 도서출판 한울, 1995.

서울시립대학교 서울학연구소 편, 『서울의 옛모습 : 사진과 모형으로 보는 100년 전의 서울』, 서울시립대학교 서울학연구소, 1995.

서울시립대학교 서울학연구소 편, 『서울의 문화유산 탐방기』, 서울시립대학교 서울학연구소, 1997.

최석영, 「조선총독부박물관의 출현과 '식민지적 기획'」, 『호서사학회』, 1999.

최하림, 『김수영 평전』, 실천문학사, 2001.

금장태, 『현대 한국유교와 전통』, 서울대학교출판부, 2003.

김기호 외, 『서울 남촌 ; 시간, 장소, 사람-20세기 서울변천사 연구 Ⅲ』, 서울학연구소, 2003.

곽철환, 『(시공) 불교사전』, 시공사, 2003.

가와무라 미나토, 『漢陽·京城 서울을 걷다』, 다인아트, 2004.

하야시 히로시게(林廣茂), 김성호 역, 『미나카이 백화점 : 조선을 석권한 오우미 상인의 흥망성쇠와 식민지 조선』, 논형, 2007.

국토해양부 국토지리정보원 편, 『한국지명유래집 중부편』, 국토해양부 국토지리 정보원, 2008.

부산박물관, 『사진 엽서로 보는 근대풍경 1권, 4권, 8권』, 부산박물관, 2009.

서울특별시사편찬위원회 편, 『서울지명사전』, 서울특별시사편찬위원회, 2009.

강명관, 『사라진 서울 : 20세기 초 서울 사람들의 서울 회상기』, 푸른역사, 2009.

김백영, 『지배와 공간 : 식민지도시 경성과 제국 일본』, 문학과지성사, 2009.

서울역사박물관 편, 『서촌 역사·경관·도시조직의 변화』, 서울역사박물관, 2010.

김효순 외, 『(조선 속 일본인의) 에로경성 조감도 : 공간편』, 문, 2012.

부산대학교 한국민족문화연구소, 『잡지로 보는 한국 근대의 풍경과 지역의 발견 1권, 2권, 3권』, 국학자료원, 2013.

서울역사박물관 편, 『600년 서울을 담다 : 서울역사박물관 상설전시 소도록』, 서울역사박물관, 2014.

홍경화·한동수, 「서울 노량진 월파정지(月波亭址)의 시기별 변천에 관한 연구」, 『한국건축역사학회 추계학술발표대회 논문집』, 2014.

서울역사편찬원 편, 『서울 2천년사 26, 경성부 도시행정과 사회』, 서울역사편찬원, 2015.

정진성, 『상상의 아테네 베를린·도쿄·서울(기억과 건축이 빚어낸 불협화음의 문화사)』, 천년의상상, 2015.